SEPAK! TSURUMI NIJIYAMA

セパ!

虹山つるみ

あきひこ=絵

ポプラ社

セパ！

目次

【登場人物】

翔《かける》

主人公。いつも兄と比較《ひかく》され
うんざりしている。あることが
きっかけで学校に行けなくなる。

レン

謎《なぞ》の小学生。翔《かける》に
セパタクローを教える。

翼《つばさ》

翔《かける》の二歳《さい》上の兄。
サッカー部のキャプテン。
成績優秀《せいせきゆうしゅう》で自信家。

タケ

公園で出会ったソフト
モヒカンのダンサー。
翔《かける》がセパタクローに誘《さそ》う。

山本《やまもと》

翔《かける》のクラスメイト。
元・柔道部《じゅうどうぶ》。翔を見て
「空中の格闘技《かくとうぎ》」
セパタクローに興味《きょうみ》をもつ。

リュー

バレーボール部の同級生。
おだやかで公平な性格《せいかく》。

キョーコ

翔《かける》の幼《おさな》なじみ。
めんどう見がよく、
翔のことを気にかけている。

松崎《まつざき》先輩《せんぱい》

近所に住む、一つ上の先輩《せんぱい》。
翔《かける》を目の敵《かたき》にしている。

あいさつをしよう!!
こころの
セパタクローしたい人募集中

【セパタクローとは】

セパタクローをひとことで言うと『足でやるバレーボール』です。テクニックはサッカーに近くて、ルールはバレーボールに近いです。コートの大きさはバドミントンと同じです。

日本に『蹴鞠《けまり》』があるように、外国にも、タイの『ジャンクイタクロー』、マレーシアの『セパラガ』、ミャンマーの『チンロン』など、足技を使う競技《きょうぎ》があります。セパタクローはこれらの東南アジアの伝統《でんとう》スポーツをルーツにして生まれました。

名前の意味は、セパ（蹴《け》る）＋タクロー（籐《とう》を編んだボール）です。

最初は難《むずか》しいけど練習すればするほど上達します。

一度やってみませんか。

くわしくは三年C組　藤倉翔《ふじくらかける》まで

第一章　翔

「うおええええっす」

俺《おれ》は意味不明な声を張《は》り上げて体育館に入った。右手の指先の腹《はら》でゆかにふれる。いつもの体育館へのあいさつだ。今日も一日、よろしくおなしゃす。

中学校に入学して三か月がすぎた。ボサボサにのびた髪《かみ》がさすがに暑い。でも切るのはめんどくさい。

「カケル、おそいよ」

黒縁《くろぶち》めがねのサラサラヘアが俺をにらむ。同じバレー部の一年、リューだ。身長は俺と同じくらいで一六〇センチそこそこ。ポジションは俺がリベロでリューがミドルブロッカー。

入部したてのころ部長に、

『リベロやりたいやついないんだよね。藤倉《ふじくら》、やってみない？』

と言われ、二つ返事で引き受けた。人と競《せ》り合わずにすむ居場所《いばしょ》があるのはありがたい。

やってみると、実際《じっさい》リベロは性《しょう》に合っていた。後衛《こうえい》の定位置からだとゲームの流れやチームの様子がよく見える。仕事は、とにかくきた球を全部拾ってセッターに返すこと。いたってシンプルだ。

今年の新入部員は俺《おれ》とリューの二人だけ。二、三年生の部員を合わせても全部で十三人しかいない。準備《じゅんび》や片《かた》づけは主に俺たち一年の仕事だ。なのに俺のクラスはいつも帰りのショートホームルームがなかなか終わらない。担任《たんにん》の先生がくるのがおそい上に話が長いからだ。

「悪《わり》い」

ポールは重いし、長い。一人で運ぶのは大変だ。

「先輩《せんぱい》がくる前にさっさとネット張《は》ろう。またどやされるよ」

リューはかかえていたネットのはしをつまんで俺にさし出した。

「なあ、カケルの兄ちゃんって、もしかしてサッカー部の藤倉翼《ふじくらつばさ》先輩？」

とうとうバレたか。俺はリューに気づかれないようにため息をついた。リューの言うとおり二つ上（今、中三だ）の兄、翼はサッカー部だ。しかも部長。兄だけじゃない。父親は会社で仕事をしながら実業団のサッカー選手兼《けん》コーチをしているし、母親は小学校の教員だが地元のクラブ（今年は何とかＪ１に残留《ざんりゅう》できた）の熱心《ねっしん》なサポーター。

翼は部活から帰ると父親が組んだ練習メニューもこなす。リビングでボールを蹴《け》っていてもうちではだれもとがめない。

「カケルもサッカーやってたんじゃないの？」

「一応《いちおう》」

そりゃ家族がこれでサッカーしないわけにはいかねえだろ。したよ。楽しかったよ、小三ぐらいまでは。

「なんでバレー部入ったの？」

「……別に」

察してくれよ、そこは。

二人でネットをピンとのばし、ねじれを直す。

「聞きたいなあ」

リューの顔に『興味津々《きょうみしんしん》』と書いてある。俺は盛大《せいだい》なため息をついた。

「ボール蹴《け》るのは楽しかった」

小さいころはサッカーをしている父さんと兄ちゃん（前はそう呼《よ》んでた）の仲間に入りたくて、二人のまねばかりしていた。ヒマさえあればドリブルとリフティング。『ボールさばきがうまい』って二人にほめられて有頂天《うちょうてん》になって練習しまくった。

「へえ。ボールは友だちってやつだね」

リューはボールにネットを引っかけるとすぐこっちにきた。

「そんで？」

「でも試合だと——」

「あ、わかった。カケルってパス出しとか苦手だったんじゃない？　サッカー向いてなさそう」

「そ。パスミスばっか」

俺《おれ》はガリガリと巻《ま》き器《き》を回してネットにテンションをかける。

俺の通っていた小学校区にあるサッカーチーム『二之城《にのしろ》ＦＣ』の監督《かんとく》はうちの父親だった。いろんなポジションをさせてくれたけど、どれも合わなくて、だんだん試合で使ってもらえ

なくなった。父親の視界《しかい》に自分がいないって気づいた瞬間《しゅんかん》の絶望《ぜつぼう》といったらなかったね。母親も俺の試合を見ると必ず、

『何かピリッとしない』

と首をかしげていた。『ピリッと』って何だよ。

「キッツいねそれ。よく続けたね」

「逆《ぎゃく》だよ」

俺はそこで口をつぐんだ。サッカーをしていないと居場所《いばしょ》がなかった。だから俺は毎日必死《ひっし》だった。なのに小六の時、部活見学（卒業間際《まぎわ》の六年生が中学校に部活を見学しに行く行事だ）の前日に翼《つばさ》のやつが言ったんだ。

『――おいかける、明日部活見学だよな。サッカー部にはくるなよ』

俺まだ行くとも行かないとも言ってないのに。何と返事をしていいかわからずだまっていたらあいつは勝手に、

『バレー部にしとけ』

って言うだけ言って自分の部屋にもどった。

――で、今にいたる。別にあいつの言いなりになったわけじゃない。運動部の中で規模《きぼ》、実績《じっせき》ともに弱小なところを選んだだけだ。俺《おれ》は気楽にスポーツを楽しみたいんだよ。熱血《ねっけつ》サッカーなんてこっちから願い下げだ。

俺は用具倉庫へ行き、ボールとパイプいすを出した。ボールを壁際《かべぎわ》に置き、パイプいすをガシャンと広げた時、先輩《せんぱい》方がわらわらとおこしなすった。

女子バレー部も入ってきた。長い髪《かみ》を後ろでギュッと一つに結んだ小柄《こがら》な女子がチラッとこっちを見た。キョーコだ。うちとキョーコの家は父親同士がもともと友だちで、保育園《ほいくえん》のころから家族ぐるみのつき合いだ。学年は同じなのにキョーコの方が誕生日《たんじょうび》が早いからって昔から俺は『手のかかるダメな弟』扱《あつか》いされている。いまだに監視《かんし》されてるようで落ち着かない。

「集合！」

「おっす！」

「二、三年は二人組でレシーブ練習。一年は外周三周してこい」

部長の声が響《ひび》く。また外周かよ。俺が靴《くつ》をはきかえていたら、脱《ぬ》いだ上靴《うわぐつ》をふまれた。

んん？　見上げると松崎《まつざき》先輩がいた。

「こい」

何だろう、急に。俺はだまって後ろをついて歩いた。松崎先輩と俺たち兄弟は同じマンションだ。保育園も小学校もＦＣもいっしょだった。トシ君（昔はそう呼《よ》んでた）は兄弟がいなくて俺たちと年が近いので、小さいころからよく三人で遊んでいた。遊びっていってもほぼサッカーだったけど。俺とトシ君が組んで二対一で対戦して翼《つばさ》に負けるってパターンが多かったよなあ。今思い出してもムカつく。

駐輪場《ちゅうりんじょう》の裏《うら》につくと、松崎先輩がふり向いた。

「てめえ、いつやめるんだよ？」

地をはうような声。トシ君ってこんなキャラだったたっけ？

「おまえだけいびられてるのにまだわかんねえの？　やめろって言ってんだよ」

あー、そういうことだったのか。リューがいない時にかぎって雑用《ざつよう》たのまれる気がしてたんだよな。

ドスッと鈍《にぶ》い音がして、俺《おれ》のみぞおちに松崎先輩《まつざきせんぱい》の右アッパーがヒットした。

「ぐえっ」

俺は砂利《じゃり》の上にたおれこんだ。すかさず蹴《け》りが入る。

「何が『もういい』だよ。ああ？　何でも選べると思ってんのか。ふざけんな」

ガツガツ蹴られながら俺は入部初日のことを思い出した。


「――――おまえなんでサッカー部じゃねえの？」

松崎先輩は練習が終わったあとで俺の横にしゃがみこみ、半笑いでそう聞いた。俺は、

「サッカーはもういいです」

って答えた。俺の中でサッカーはもう『終わってしまった』んだ。俺はサッカーと決別《けつべつ》した理由をそれ以上うまく言葉にできなかった。

「はあ？　なんだよそれ――――」


今思い出してみると、あの時の松崎先輩、キレてたな。あれがきっかけだったのか。『も

ういい』って言い方がまずかったか。正確《せいかく》にいうなら『翼《つばさ》と同じスポーツをやるのはもう耐《た》えられない』だ。

中学校に入ったばかりのころ、俺《おれ》はしょっちゅう、先生や先輩《せんぱい》をがっかりさせた。

『あれー。兄ちゃんはもっと足速いよなあ』

『え、ホントに弟？　あ、上が全部持ってったのか』

俺はあいつの弟として、ずっと比べられながら生きてきた。家でも外でも『藤倉翼《ふじくら》の弟』って目で見られる。俺はあんなにサッカーうまくないし、練習熱心でもないし勉強も好きじゃないし人としゃべるのも苦手だ。あいつが光りかがやいていればいるほど、俺は苦しかった。あいつのせいじゃない。自分のせいだ。勝手に比べて勝手に自分がイヤになる。だからよけいにイラつく。猫背《ねこぜ》がひどくなる。口数が減る。前髪《まえがみ》が切れなくなる。中学生になった俺はこの感情の名前を知っている。

『劣等感《れっとうかん》』――だ。

あんたも俺と同類《どうるい》だろ。自分に自信《じしん》がないんだよな。俺はにげ続ける。あんたは人を攻撃《こうげき》する。出し方がちがうだけだ。俺が何を言ったのかなんて、ホントはどうでもいいんだろ。ただイラつくんだよな、わかるよ。

「何笑ってんだよ！　ふざけんな！」

松崎《まつざき》先輩はしゃがみこむと、俺の髪をわしづかみにした。

「バレー部やめろ。目ざわりなんだよ」

俺を見下ろして命令する。ああ、だめだよ、先輩――。俺、そんなに熱烈《ねつれつ》にせまられたら、やめたくなくなっちゃうなあ。返事の代わりにニヘラッと笑ったら、松崎先輩はガッと俺の頭を地面に押《お》しつけた。砂利《じゃり》に当たって口が切れた。

「早くやめないと、もっと痛《いた》い目見るぞ」

それだけ言うと立ち上がり、意外なことに俺のこともうでを引っぱって立たせてくれた。

「顔洗《あら》って外周走れ。ほかのやつに言ったら殺す。翼にもだ」

松崎先輩は耳元でぼそぼそと俺をおどし、体育館にもどって行った。

俺はふらふらと洗い場へ行き、頭から水をかぶった。おかしな耳鳴りがするし、鼻も口も腹もズキズキと痛むが、まあ大丈夫《だいじょうぶ》だ。ゆっくりと外周のジョグを始めた。

一周走って体育館にもどると、もうサーブ練習が始まっていた。俺《おれ》もボールを拾い、サーブトスを上げた。

第二章　手

夏休みに入った。部活、部活の毎日だ。

練習が終わった体育館の用具倉庫で、俺は一人モップについたホコリを専用《せんよう》のごみ箱に落としていた。木でできた賽銭箱《さいせんばこ》みたいなごみ箱だ。みんな帰ったはずなのに用具倉庫のドアが開く。ああ、今日もきやがった。

「おまえしぶとすぎだろ」

脇腹《わきばら》に回《まわ》し蹴《げ》りが入る。髪《かみ》をぐいと引っぱられた。立ち上がったところに足ばらいをかけられてまた転ぶ。俺は両手とひざをゆかについてせきこんだ。

「退部届《たいぶとどけ》、早く出せよ」

あんたいつもそれだな。足音もなく気配が消え、パタンとドアが閉まった。

体育館裏《うら》、トイレ、駐輪場《ちゅうりんじょう》、用具倉庫——。松崎先輩《まつざきせんぱい》は人目につかない場所で、服でかくれる部分をねらってなぐったり蹴《け》ったりしてくる。三日続いたかと思うと何もしてこない日もある。だれかに言えばいい。一人にならないように気をつければいい。俺《おれ》もそう思う。

でも、松崎先輩は俺が初めて見つけた仲間だ。劣等感《れっとうかん》は自己嫌悪《じこけんお》と不安をすくすくと育てる。何かにぶつけたくもなるよな。ああ、先輩の気持ちが手に取るようにわかる。翼《つばさ》にはいつも見下《みくだ》されているが、先輩とは対等だ。『暴力《ぼうりょく》はいけない』って大人はひとくくりにするけれど、こんなのは言葉を持たない大型動物がじゃれてるようなもんだ。

夏休みのある日、部活が終わり、片《かた》づけをすませて駐輪場までもどると、見慣《みな》れた人影《ひとかげ》があった。

松崎先輩はいきなり俺に足ばらいをかけると、転んだ俺の右うでをふみつけた。その辺にあったコンクリートブロックのかたまりを持ち上げ、俺を見下ろす。え、それ、けっこうでかいですよ。

「これでバレーも『もういい』だろ?」

ぎりっと奥歯《おくば》をかみしめる音が聞こえ――、
グジャッ
――なんか白い。血があんまり出なくて関節《かんせつ》から白いのが見えている。

松崎先輩が息をのむ気配がした。だよな。やりすぎだろ、これは。時間差で右手が痛《いた》み始め、俺は短くうめいた。先輩はブロックを投げ捨てるとジリジリと後ろに数歩下がり、それから走り去った。

困《こま》ったな……いや、別に困らないか。バレーボールってルール上は頭も足も使っていいことになっている。

家に帰ると、母親に病院へ連れて行ってもらった。母親には「自転車で転んだ」と言っておいた。

「傷痕《きずあと》は残るでしょうが、元どおり動きますよ」

医師の淡々《たんたん》とした言葉に俺はほっとした。看護師《かんごし》がやけにていねいに消毒して薬を塗《ぬ》り、包帯を巻《ま》いてくれた。

結論《けつろん》から言えば、俺《おれ》は手をつぶされたおかげで開眼《かいがん》した。

赤《あか》ん坊《ぼう》のころからサッカーボールがおもちゃだった。リフティングとヘディングは体に染《し》みついている。手が使えないのをいいことに、高い球はヘディングでレシーブし、低い球は足で上げた。手に包帯があるから、先輩《せんぱい》方は苦笑《にがわら》いですませてくれる。でも顧問《こもん》の杉村《すぎむら》先生は、

「藤倉《ふじくら》、今のルールでは足もオッケーだけど、バレーは元来《がんらい》、手でするものだ。けがが治ったらやめろよ」

と、まさに『苦虫《にがむし》をかみつぶしたような』顔。

「カケル、足はやめなよ」

リューにも忠告《ちゅうこく》された。でも、今まで手では間に合わなかったボールに足なら届《とど》く。守備《しゅび》範囲《はんい》が広がったし、とれるボールが格段《かくだん》に増えた。サッカーからにげ、兄からにげ、にげににげて選んだバレーボールだけど——、

「俺やっとおもしろくなってきたんだ」

俺は拾って拾って拾いまくった。

手が治って何の問題もなく動かせるようになってからも、俺はちょいちょい足を使った。杉センはそのたびに『苦虫』だ。でも守備力の高さは買ってくれて、まだ一年の俺をときどき練習試合に使ってくれるようになった。

そのころから松崎《まつざき》先輩になぐられなくなった。チクチクいびられてはいるけれど、あからさまな暴力《ぼうりょく》はぱたりと止《や》んだ。

九月になり、区の中学校バレーボール秋季大会の日がきた。区内八校の頂点《ちょうてん》を競《きそ》うこの大会で三年生は引退《いんたい》する。大事な最後の大会だったけれど、二回戦であっさり敗れた。

三年生が抜けると、部員は六人になり松崎先輩は部長になった。

「僕《ぼく》ら、いきなりレギュラーだね」

とリューが笑い、

「六人しかいないからな」

と俺も笑った。女子バレー部と半分ずつ使っている体育館が、やけに広く感じる。俺とリューは両手に一本ずつ持ったでかいモップをくるりとUターンさせた。

第三章　蹴

「新入部員、今日から正式入部だって。五人とも！　今年は強くなるよ、僕《ぼく》ら」

ネットを持ったリューがニコニコ笑いながら教えてくれた。

「へえ、めでたいな」

俺《おれ》は巻《ま》き器《き》をガリガリ回しながら答えた。となると、三年が四人、俺たち二年が二人、一年が五人。全部で十一人だ。増えたな。

兄の翼《つばさ》もこの春めでたく中学校を卒業し、地元ではサッカーの強豪校《きょうごうこう》として有名な高校へ進学した。学校にあいつがいなくなって少しだけ息がしやすくなった。

一年生には二人もバレーボール経験者《けいけんしゃ》がいた。これが一種の起爆剤《きばくざい》になって、バレー部は何かが変わった。

俺はリベロ希望の一年生にルールやレシーブ、パスの基礎《きそ》、試合での出入りの仕方なんかを一つ一つ教えている。後輩《こうはい》が真剣《しんけん》に俺の話を聞くのでいいかげんなことはできない。俺自身の練習にも自然と気合が入る。ほかの人もそれは同じみたいだった。人数は少ないし部活の時間は短いけれど、練習一つ一つの密度《みつど》が高くなった。集中の質が去年とはぜんぜんちがう。

一学期はバレーボールをして授業《じゅぎょう》を受けて課題《かだい》をどうにか出しているうちに、気がついたら終わっていた。そして部活漬《づ》けの夏休みがすぎて――。

ピ！

主審《しゅしん》のホイッスルが鳴った。

九月半ばの日曜日。秋季大会の会場、区民体育館は窒息《ちっそく》しそうなほどの熱気《ねっき》と声援《せいえん》に満《み》ちている。俺は目に入る汗《あせ》をぬぐい、相手チームのサーバーがボールをはずませるのを見つめた。

ダダム、ダダム

得点板の表示《ひょうじ》は24－23。あと一点で創部《そうぶ》以来の快挙《かいきょ》、初優勝《はつゆうしょう》だ。

「ラスト一本！　こい！」

俺《おれ》は腰《こし》を落として構《かま》える。

サーブがきた。俺がレシーブし、セッターがオープントスを上げる。

リューのストレート！

コースはよかったけれど後衛《こうえい》に拾われた。相手のエースがレフトから打ってくる。ブロックが二枚《まい》ついた。

「ワンチ！」

ブロックに当たったボールを松崎先輩《まつざきせんぱい》が必死で追い、追って追って追いついて片手《かたて》で拾った。リューがその低い球の下にすべりこんでアンダーで上げた。上がった先にいたのは俺だった。オーバーで返す？　それじゃまるきりチャンスボールだ。アタック？　いや、俺はリベロだ。球が落下し始める。迷っている時間はねえ。

――――俺は跳《と》んだ。

右足の甲で蹴《こうけ》った球は、セッターの柏原《かしわばら》先輩の顔面を直撃《ちょくげき》した。ゆかにたおれる柏原先輩がスローモーションで見えた直後、俺は背中《せなか》をしたたか打った。

24－24。

柏原先輩が鼻を押《お》さえてベンチへ下がる。公式戦に出たことのない一年のセッターが、ガチガチに肩《かた》をこわばらせたままコートに入った。

試合が終わると、閉会式を待っている間に俺はトイレに行った。準優勝《じゅんゆうしょう》……。去年は二回戦敗退だったのに強くなった——なんてな。そうじゃねえ。俺のせいで優勝をのがしたんだ。くっそ。なんでオーバーヘッドキックなんかやらかしたんだろう。アンダーで返しておけばよかったんだ。今の俺たちなら、攻撃《こうげき》されても拾って次につなげられたのに——、俺が全部台なしにした。

手を洗《あら》っていたらだれかきた。

「こい」

松崎先輩だった。だまって後ろをついて行く。松崎先輩が立ち止まったのは、区民体育館の駐輪場《ちゅうりんじょう》だった。セッターの柏原先輩《かしわばらせんぱい》とミドルブロッカーの石田《いしだ》先輩、サボってばっかりだった高田《たかだ》先輩までいる。三年全員だ。やられる。今日のアレで完璧《かんぺき》ボコられる。にげよう。俺《おれ》は先輩方に背《せ》を向けた。

ガシッ

俺の動きは完全に読まれていた。あっさり駐輪場の砂利《じゃり》の上に転がされ、松崎《まつざき》先輩に右うでを思いきりふまれた。痛《いた》い痛い痛い！

「今日のオーバーヘッドキック。どういうこと、あれ？」

松崎先輩が低い声でたずねる。

「す……すみません、とっさに」

必死に謝《あやま》った。謝るぐらいしかない。

「『とっさに』じゃねえよ！」

さけんだのは、セッターの柏原先輩だった。まだ鼻に脱脂綿《だっしめん》が詰《つ》めてある。そのビジュアルですごまれてもおもしろいだけだ。がまんしようとしたけど、

「ははっ」

うっかり笑いがもれた。いろいろばかばかしくなってきた。

「何笑ってやがるんだよ！」

柏原先輩が俺の背中を蹴《け》った。

「ごほっ」

痛《い》ってえな。柏原先輩のキックを皮切りに、三年生はいっせいに俺を蹴り始めた。意識が飛びそうになった時、

「そろそろ閉会式が始まるぞ」

松崎先輩の声を合図に三年生は体育館にもどって行った。砂利をふむ足音が遠ざかる。俺は寝《ね》ころがったまま目を閉じた。


「カケル、何やってんの？」

リューの声が近づいてきた。

「わっ。どうしたんだよ、それ……」

俺は目を開け、自分の姿《すがた》を見た。黒いジャージが足跡《あしあと》だらけだ。

「三年だろ？　松崎先輩《まつざきせんぱい》が『藤倉君《ふじくら》はトイレです』って……何か変な空気だったんだよ。先生呼《よ》んでくる」

「呼ぶな」

「だったら、親にむかえとかたのんで――」

「いらねえ」

俺《おれ》は砂利《じゃり》の上に手をついて起き上がった。体中があちこち痛《いた》かったが、息はできるし手足も動く。どこも折れてはいない。リューに肩《かた》を借りてゆっくり歩いた。呼び出されたのが駐《ちゅう》輪場《りんじょう》でよかった。自転車が近くて助かる。リューがエナメルバッグを持ってくれたので、自転車を歩行器代わりにのろのろ歩いた。うちのマンションの前まできた時、

「カケル、これでバレーやめるとか言うなよ」

リューがいつになく真剣《しんけん》な顔をした。

「明日から僕《ぼく》たちの代《だい》だよ。僕はカケルといっしょにやりたい。明日、待ってるからな」

俺はうなずくことができなかった。リューの眉毛《まゆげ》がハの字に下がる。リューはため息を一つ落とし、

「とにかく、今日はゆっくり休みなよ」

と力なくほほえんだ。俺はリューに背《せ》を向け、ズルズルとバッグを引きずってエレベーターに向かった。

家に帰るとリビングに面した引き戸を開け、自分の部屋に入った。砂《すな》まみれのジャージのままベッドにたおれこむ。今日の試合を最後に三年生は出て行く。それなのに、もうバレーボールを続ける気にはなれなかった。

『ここは、おまえの場所ではない』

それが、今日俺が受け取ったメッセージだ。三年生だけじゃない。体育館、ボール、ネット――。バレーボールそのものが俺にそう告げていた。

だれかが部屋の引き戸をたたいている。母親か、父親。いや、翼《つばさ》か？ だれでも同じことだ。今あんたらが入ってきたら、俺は窓《まど》を蹴《け》やぶってにげるしかない。

第四章　熱

「かける、起きないと遅刻《ちこく》するわよ」

母親の声がした。目を開けると、部屋の入り口に仕事着姿《すがた》の母が立っていた。枕元《まくらもと》の時計は七時八分。カーテンごしの朝日が目に刺《さ》さる。頭はズキズキするし、体中が痛《いた》い。

「熱がある」

しぼり出した声は別人みたいにかすれていた。

「ええ？　めずらしいわね」

母親がすぐにリビングから体温計を取ってきた。

「測《はか》って」

俺《おれ》に体温計をさし出しながら仕事用のバッグを肩《かた》にかけ、うで時計を見る。出勤時刻《しゅっきんじこく》をすぎているのだろう。

ピピピと体温計が鳴った。

「見せて」

俺《おれ》の手から素早《すばや》く体温計を取る。

「七度四分。本当だわ。学校には電話しておくから今日はゆっくり寝《ね》てなさい。悪いけど、母さん急には休めないの。行ってくるわね」

パタンとドアが閉まり、家の中はしんと静かになった。俺は頭までふとんをかぶり、固く目をつぶった。

次の日もその次の日も俺は学校を休んだ。寝ころがって天井《てんじょう》を見ているうちに、結論《けつろん》が出た。

部活、やめよう。

俺はバレーボールを続けるべきじゃない。なぜもっと早くやめなかったんだろう。気楽にスポーツを楽しみたくて始めたはずなのに。先輩《せんぱい》に目をつけられて逆《ぎゃく》に意地になってたのかもな。

夜になり、母親が帰ってくると俺《おれ》はすぐ玄関《げんかん》に向かった。

「部活やめる」

母親は俺の顔を見ると眉間《みけん》にしわを寄《よ》せ、「はーっ」と大きなため息をついた。

「かけるらしい」

どういう意味だよ、それ？　母親は靴《くつ》をしまって買い物袋《ぶくろ》と通勤《つうきん》バッグを持つと、

「じゃあ英会話部はどう？　英検《えいけん》取れるわよ。時間は有効《ゆうこう》に使わなきゃね」

と早口でまくし立て、台所へ消えた。バレー部やめる話が英検取る話にすり替《か》わってしまった。

夕飯の時、父親にも何か言われるかと身構《みがま》えたが何もなかった。父親はいつもどおりうまそうにみそ汁《しる》をすすり、翼《つばさ》に今日の練習メニューの進み具合を確認《かくにん》してから風呂《ふろ》へ行った。

父親は超《ちょう》マイペースだ。サッカー以外のことは何もしない。っていうかできない。サッカーをやめた俺がバレーボールをやめても大した問題じゃないんだろう。

次の日、熱は下がったけれど、また学校を休んだ。夜おそくにスパンとふすまが開き、何の断《ことわ》りもなしに翼が俺の部屋に入ってきた。なぜそこから入ってくる？

俺の部屋と翼の部屋はふすまで仕切られている。小学生のころは常《つね》に開けていたけれど、今はふすまを閉めきってリビングに面した引き戸だけで出入りしている。それが暗黙《あんもく》のルールだったはずだろ？　何なんだよ、この有無《うむ》を言わせない空気は……。

高校一年にして実質的《じっしつてき》に家長《かちょう》みたいな雰囲気《ふんいき》なのは母親が増長《ぞうちょう》させたせいだ。そしてその実《じつ》、情《なさ》けないことに俺はこいつに逆《さか》らえない。翼はどっかと足を開いてベッドに座《すわ》り、じっと俺を見た。何もかも見透《みす》かすようなとび色の目。昔から苦手だ。

「松崎《まつざき》が全部ゲロったから」

一番に松崎先輩の名前が出た。さすが。あんたの情報網《じょうほうもう》すごいね。

「おまえは悪くないだろ。堂々と学校行って部活も続けろよ」

「オーバーヘッドキック――」

あれはさすがにどうかしてた。ありえねえだろ、あんなミス。

「そこじゃなくて、これまでのいじめのことだ。なんで今までだまってたんだよ」

いじめと聞いて俺《おれ》の心臓《しんぞう》がドクンと跳《は》ねた。あれはそんなんじゃねえ。

「言ったらどうだってんだよ?」

「もっと早く松崎《まつざき》をシメてやったのに」

「はっ! いらねえ」

そういうのが死ぬほどイヤなんだよ。家では暴君《ぼうくん》のくせに、外では兄貴面《あにきづら》しやがる。よけいなお世話だ。

「何だと?」

翼《つばさ》が俺の胸《むな》ぐらをつかんだ。ほらこれだ。俺は前髪《まえがみ》の下から翼の紅潮《こうちょう》した顔をにらみ返す。

俺のことなんか、自分の思いどおりになる下僕《げぼく》ぐらいにしか思ってないくせに。だいたい、俺は松崎先輩《せんぱい》のことが原因でやめたくなったんじゃない。俺がバレーボールをやめるのは、俺がバレーボールに拒否《きょひ》されたからだ。それだけが純粋《じゅんすい》な理由だ。でも、そんなこと力説《りきせつ》したって通じるわけないよな。ははは。

「ははっ、ははは」

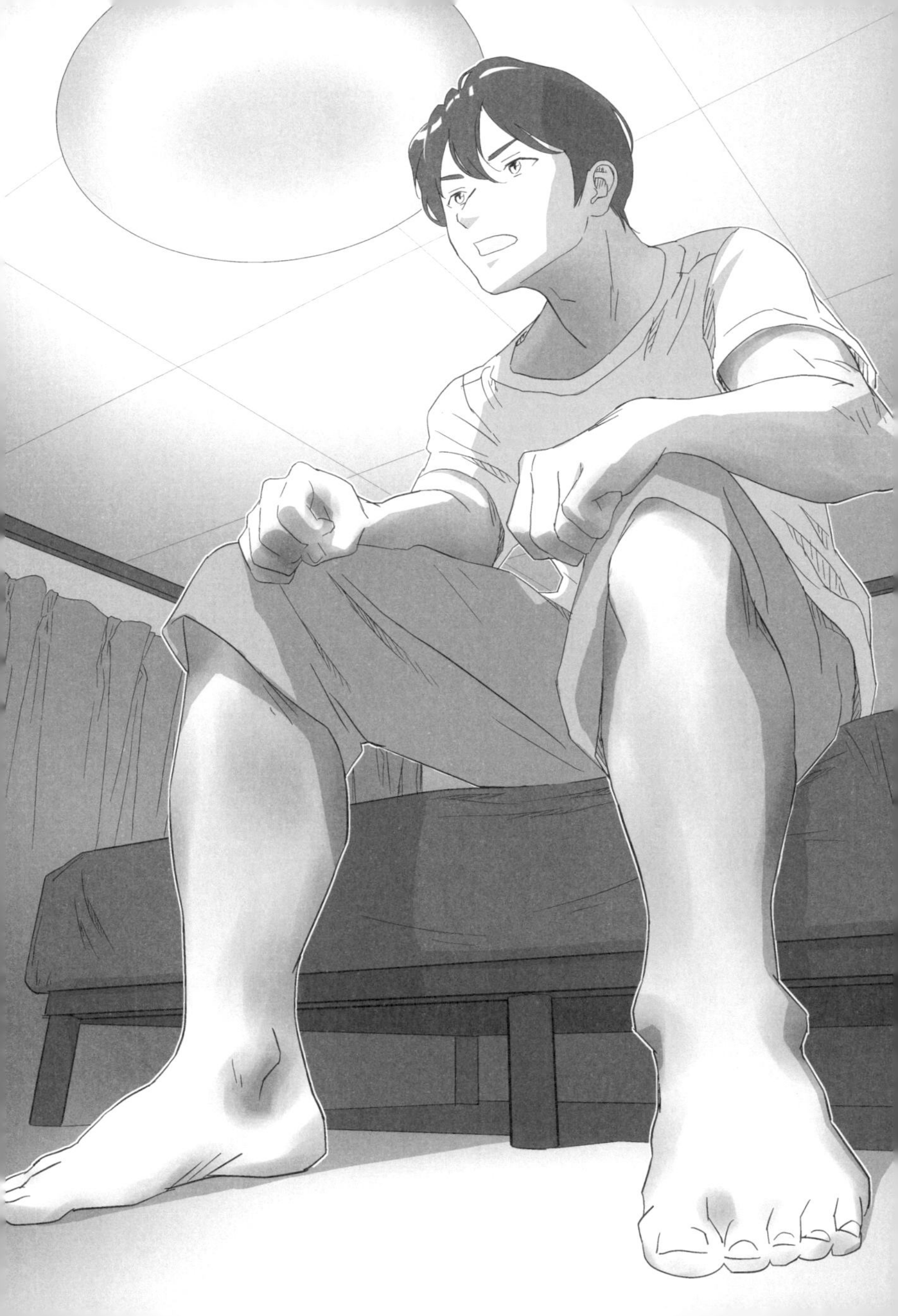

俺《おれ》が声を出して笑うと、翼《つばさ》はぎょっとして手を離《はな》した。半歩下がって俺を凝視《ぎょうし》し、口を開きかけたが結局だまって部屋を出て行った。

次の日からも俺は学校に行かなかった。——ちがう、行けなくなったんだ。

朝になるとひっきりなしに引き戸をたたく音がする。「かける、かける。保健室《ほけんしつ》まででいいから。ね」母親の声。引き戸を足で押《お》さえ、耳をふさぐ。「かける！　とにかく一回行ってみろよ」ふすまの向こうから翼の声。「おい、かける。学校だけは行け」一度だけ父親の声もした。

玄関《げんかん》の呼《よ》び鈴《りん》が鳴る。「かける、杉村《すぎむら》先生がいらしてくださったわよ」。また呼び鈴が鳴る。「かける！　学校きなよ」キョーコの声、新聞受けに手紙が落ちる音。

俺は家族がいない時に玄関の物入れからつっぱりポールを取ってきて引き戸の後ろに入れた。ふすまにガムテープを貼《は》ってふすまの前にカラーボックスと机《つくえ》を移動させた。俺が部屋の防御《ぼうぎょ》を固めたころには、だれも何も言わなくなっていた。

俺の生活は一変した。

つらいのは夜だ。眠《ねむ》れない。ふとんに寝《ね》ころがるけれど、目を閉じても三秒もたない。保《ほ》育園《いくえん》からバレー部まで、いろんなことが頭に浮《う》かんでさけびそうになって飛び起きる。家の中は静まり返っている。頭の中を『どうしてこうなった』って言葉がぐるぐる回る。仕方なくベッドから出ていすに座《すわ》る。ボールペンでノートを真っ黒に塗《ぬ》っていく。自分でも意味がわからない。

朝がきたころやっと眠くなり、昼すぎまで眠る。目が覚めるとだれもいない。この時間だけ家の中が『貸《か》し切り』になる。俺は飯《めし》や風呂《ふろ》をすませ、リビングでテレビを見る。

始めのうちはそれでよかったが、だんだん体がなまってイライラするようになった。だから夕方になったら家を抜《ぬ》け出して自転車で公園に行き、体を動かすことにした。カバンの一つも持っておけば塾《じゅく》帰りにでも見えるだろう。

親と兄は夜の八時には確実《かくじつ》に家に帰ってくる。だから俺は九時ごろ家にもどり、家族と鉢《はち》合《あ》わせしないように細心の注意をはらって部屋にこもる。また長い夜の始まりだ。

俺が行く公園は二之城《にのしろ》公園という小さな城址《じょうし》公園だ。天守閣《てんしゅかく》はなく、石垣《いしがき》だけが残っている。でっかいイチョウの木があり、その下にベンチがある。そこからは二之城川《にのしろがわ》が見える。平地から低い山々へ切れ目なく建ちならぶマンションや住宅も。夜になると明かりが浮《う》かぶ。俺《おれ》はそんな景色《けしき》を見ながら体を休めた。その光の一つにもどることはなるべく考えないようにして。

毎日通っているうちに、イチョウが色づき葉が落ちた。葉のなくなった枝《えだ》に固い冬芽がつき、雪がちらついた。だんだん寒さがゆるみ、二之城川にきていた鳥たちが北へ飛び去った。

そして冬芽から新しい葉がのぞくころ――、

俺は自分の部屋で中学三年生になった。

第五章　蓮

イチョウの新芽は、あっという間に青々とした葉に成長し、木全体が濃《こ》い緑になった。俺は相変わらず学校に行っていない。髪《かみ》の毛はのび放題で、前髪は目にかかっている。身長も少しのびた。今、一六五センチだ。

学校に行かなくなってから、俺は家族と顔を合わせないために親と兄の行動パターンをいろいろ知ることになった。母親は土日も休日出勤《しゅっきん》が多いが家にいることもある。父親の土日は練習か試合、そのあと打ち上げ。絶対《ぜったい》家にはいない。翼《つばさ》は塾《じゅく》にでも通っているのだろうか、土日には部活から帰ったあとでまた出かけることが多い。

部屋に閉じこもっていても家の中には人の気配が濃くただよう。外に出て体を動かさないと頭がおかしくなりそうだ。だから、毎日公園へ向かう。

今日も公園でリフティングをしていたら——、何か視線《しせん》を感じる。気になって周りを見回すと小学生が一人ベンチに座《すわ》って棒《ぼう》アイスを食べていた。まだ五月なのに。

小学四、五年生ってとこか。髪《かみ》は短くて、よく日に焼けた子どもだ。アイスの最後の一口（かなりでかいぞ）を口に放りこむと、シャクシャクいわせてから飲みこんだ。それからこっちを見てニッと笑った。笑うと白い歯がこぼれる。

人に見られていると落ちつかないが、場所を変えるのも負けた気がしてしゃくだ。目をそらしてボールを蹴《け》り始めた時、

「てんでなってないね」

小学生の甲高《かんだか》い声がした。

なんだって？　俺《おれ》はボールをふんづけ、あらためてそいつを観察した。黄緑色のハーフパンツにオレンジ色のTシャツ。それも蛍光色《けいこうしょく》のオレンジだ。日ざしに照らされて不自然なほど光っている。なぜそんな目が痛《いた》くなるような色を着ているのだろう。

「てんで、なってない」

二回も言うな。聞こえてるっての。そいつは立ち上がってアイスの棒をごみ箱に捨てると、

「ぼく、もっとうまいよ。ボール貸《か》して」

手を出した。えらい自信だな。

俺《おれ》はボールを蹴《け》ってパスした。

「よっ」

ボールを胸《むね》でトラップして足の甲《こう》で二、三度蹴ると、ひざ下を水平に上げ、土《つち》ふまずのあたりでリフティングをし始めた。

なんだあのリフティングは？

一度ポーンと高くはじいた間にその場でクルッと一回転。元の位置にもどって、落ちてきたボールをまた土ふまずではずませる。

テン、テン、テン！

高く上げたボールがポスンと俺の手にもどった。

「すげえな」

思わずつぶやいた。

「まあね！　今からうちにきなよ。もっとおもしろいもの見せてあげるよ」

俺の両手を取って目をキラキラさせている。そして、返事を聞かずにぐいぐい引っぱり始めた。俺はあわてて手をふりほどいた。

「行かねえよ」

「近いよ！」

ニコッと笑う。かみ合わねえ。

「すぐだから」

また手をぐいぐい引っぱる。

「離《はな》せ」

「近いよ！」

それさっきも聞いたって。俺は軽くため息をついた。それを『了解《りょうかい》』と受け取ったのか、そいつは俺の手を引きながら前を向いて歩き始めた。仕方なく俺はついて行く。歩きながら手をほどいた。

「ぼく、ななつか　れん。六年だよ。キミは？」

「……中三」

俺は学年だけ答えた。

「中学生なんだ。へー」

中学生が公園で一人でリフティングしてちゃ悪いかよ。でもレンは俺《おれ》の学年についてはそれ以上興味《きょうみ》がないらしく、

「ぼくの『れん』は草かんむりに連《つら》なるの蓮《れん》。タイ語で『遊ぶ』って意味でもあるんだよ」

と自分の名前を解説《かいせつ》した。タイ語？　なんで？

「ついたよ！」

そこは二之城《にのしろ》公園から歩いて十分もかからない場所だった。

なのに――――。

なんだ、この異空間《いくうかん》は？

同じ形の二階建てのアパートが年老いた双子《ふたご》のように二つならんで建っている。その古めかしいアパートの前には、象《ぞう》でも飼《か》えそうなほど広い庭。壁際《かべぎわ》にスケボーが三つとテニスラケットが二本。ビールケースも転がっている。敷地《しきち》のはしには、炭酸飲料《たんさんいんりょう》のロゴが入った真っ赤なベンチが二つ。その上で黒いネコが二匹《ひき》、だんごになって眠《ねむ》っている。ベンチの横には鉄棒《てつぼう》まである。入り口には大きなキンモクセイとビワの木。オレンジ色の実が鈴《すず》なりだ。

だが、ビワよりもネコよりも俺《おれ》が気になったのは、庭の真ん中にある高さ一五〇センチぐらいのネットだった。バドミントン用だろうか。ネットのポールの足元はT字型になっていて、タイヤがついている。

ネットをはさんで左右にコートのラインが引いてあった。コンクリートの上に白いペンキでがっつり書いてある。大きさはバドミントンコートぐらいだが見慣《みな》れない印があった。ポールを囲むようにして、ちょうど人が一人立てるぐらいの半円。それと、コートの中に小さな円が一つずつ。バドミントンにこんな丸があったっけ?

俺がアパートの入り口に立ちつくしていたら、レンが何やら小さな丸いものを二つ持って、もどってきた。

「一個貸《か》してあげる」

レンが一つ投げた。俺は反射的《はんしゃてき》に手をのばす。

「おぉっ?」

軽《かる》っ! 想像《そうぞう》したより軽くて、うっかり落としそうになった。

それはプラスチックでできたボールだった。黄色い帯状《おびじょう》のプラスチックが組み合わさったカゴのようなボール。中は空洞《くうどう》で、のぞきこむと帯が金具で留《と》めてあるのが見える。

俺がボールをまじまじと見ている間に、レンはコートに入ってそのボールでリフティングを始めた。こいつ、ホントにうまいな。俺と目が合うと、

「アタックいくよ！」

ボールを高く蹴《け》り上げた。まさか足でアタックするつもりか？

よし！　拾ってやる。俺は構《かま》えた。

レンはジャンプして宙《ちゅう》を舞《ま》い、そのカゴのようなボールを蹴った。

パシッ

軽くかわいた音とともに、ボールは時速一〇〇キロ（俺計測《おれけいそく》）で一直線にこっちのコートにたたきこまれた。一ミリも動けなかった。テン、テンテンとボールが転がる。

「よっと」

ボールを蹴り出したあと、レンは空中で軽々と一回転し、両手を地面につけて着地した。オーバーヘッドキックでシュートをしたサッカー選手が、こんなに華麗《かれい》に着地するのは見たことがない。たいていは背中《せなか》から地面に落ちる。だが、レンは当たり前のようにふわっと地面に

降《お》り立った。オレンジ色の残像《ざんぞう》が目に焼きつく。

なんだこれは、なんだこれは。なんなんだ、これは。

全身の血が沸騰《ふっとう》するような興奮《こうふん》を覚えた。鳥肌《とりはだ》が立っているのに手足がかあっと熱い。

「おもしろいだろ！」

レンがネットの向こう側から満面の笑《え》みで聞いてきた。俺《おれ》はだまってボールに手をのばす。

手が震《ふる》えて一度落としてしまった。もう一度拾って手のひらに乗せる。

「これ、なんていうスポーツ？」

急にのどがカラカラだ。

「セパタクローだよ」

レンの声が鐘《かね》のようにこだまする。

『セパタクロー』

俺はその響《ひび》きを心に刻《きざ》みこんだ。

「いっしょにやろうよ。名前教えて」

「……藤倉翔《ふじくらかける》」

「かける、よろしく！」

レンがネットに近づき、こぶしをつき出す。

「グータッチ！」

俺がぽかんとしたら、レンがケタケタ笑いだした。

「グーとグーを合わせる、ほら、グー出して」

俺はにぎりこぶしを作って、ネットごしの小さなグーにコツンと当てた。

第六章　籐

「セパタクローはネットのそっち側とこっち側でボールを蹴《け》り合うんだ。ボールがそっちに落ちたら、こっちのポイント」

レンは俺《おれ》の立っているコートを指さし、それから自分の胸《むね》をトンとたたいた。

「コートはバドミントンと同じ大きさだよ」

レンが両手を広げてみせる。バレーボールよりせまい。六人は入らないよな。

「何人でやるんだ？」

「三人対三人！　今は二対二と四対四もあるけど、三対三が一番昔からある種目なんだ。サーバー、トサー、アタッカーの三人が一チーム。サーバーはサーブをする人。トサーはアタッカーにトスを上げる人。アタッカーはアタックをする人」

レンが指を三本立てた。トスしてアタックって――――、

「バレーボールみたいだな」

「うん。使うのは足だけどルールはバレーと似《に》てるよ。ちがうのは、一人で続けて三回ボールにさわってオッケーで、ローテーションはしなくて、サーブ権《けん》は三本ずつで交代するところ」

けっこうちがうな。

バレーボールでは一人で続けてさわったら反則《はんそく》だし、プレーヤーはサーブ権が移《うつ》るたびに一つずつ立つ位置を移動《いどう》する。定位置があるのはリベロだけだ。セパタクローでは全員に定位置があるらしい。

「だれがどこ?」

「サーバーが真ん中。左右にトサーとアタッカー」

レンがコートの真ん中とネット際《ぎわ》を指さす。

「立つ場所は試合中ずっと変わらないし、役割《やくわり》も変わらないよ。でも、トサーがアタックすることもあるし、サーバーがトス上げることもある。レシーブの中心はサーバーだけどほかの二人もレシーブする」

役割《やくわり》はあくまでも基本《きほん》ってことか。バレーボールだってリベロ以外も当たり前にレシーブするもんな。

サーブ権《けん》が三本ずつで交代っていいな。バレーボールでおそろしいのはブレイク、連続得点だ。バレーボールは『流れ』のスポーツだから、ドドドッと一気に得点することがよくある。点が入る側の時はいいが、逆《ぎゃく》は恐怖《きょうふ》だ。相手の流れになっていると、流れを断《た》ち切りたくてもそのきっかけがなく、ずるずる点を取られていく。あせるとよけいにミスをして点を失い、ますますこっちの流れに持ってくることができない……。おそろしい。

セパタクローでは流れが相手側にあったとしても、三回しのげば少なくともサーブで攻撃《こうげき》ができるってことだ。

ルールを聞いて想像《そうぞう》してみた。むりに人につながなくてもよくて、自分の役割に集中できて、流れを変えるチャンスが多い。いいな、それ。

「ボールは足で蹴《け》るよ。うでや手を使っちゃダメ」

サッカーと同じだ。

「ヘディングは?」

「ヘディングはオッケー。背中《せなか》もオッケーだから、ブロックの時、背中で止めてもいいよ」

ネットとボールに背中を向けて跳《と》ぶのか？　バレーボールではありえない防御《ぼうぎょ》だな。

「ネットは男子が一五五で女子が一四五センチ。これは一五五だよ」

ほぼ目の高さだ。足上がるか、これ？

「ああ早く試合がやりたいなあ」

「ほかにもだれかいるのか？」

「ううん。いない！　でもずっと一人だったから、二人になっただけでもうれしい」

レンはニヘヘと笑ってボールを蹴り始め

た。俺《おれ》もリフティングをしてみた。

軽い。マジで軽い。でもかたいプラスチックだからくるぶしに当たると痛《いた》い。俺にとってサッカーボールはよくなついた犬だが、このカゴみたいなボールは小さな鳥だ。練習したらもっとわかり合えそうな気がする。ただし、何せ直径十四センチの小鳥だから、こっちが大声を出すとにげて行く。繊細《せんさい》さが必要だ。

まずい。

ボールを蹴《け》りながら、顔がにやけるのが止められない。これ、めっちゃおもしろい。それに、何よりここにはあいつがいない。何だこの開放感。体が軽い。だれにも比べられずに好きなようにやれるのってこんなに気分がいいものなのか。

俺たちは、日がしずむまでリフティングやパスの練習をした。

「これ、あげる」

帰り際《ぎわ》にレンがボールをポンと投げてよこした。

「え……」

これはさすがに受け取れない。俺が返そうとしたら、

「ないと家で練習できないよ?」

とレン。

「買う」

「売ってない。その辺のスポーツ用品店に行ったって、ゼーッタイ売ってない。あげる」

「でも、これ……」

レンのボールがなくなるじゃないか。

「家にまだあるから大丈夫《だいじょうぶ》。ぼくの父さん、タイに行くたびに買っちゃうんだ。ボールいろいろ買うのがシュミ。買いすぎて母さんに怒《おこ》られる」

「……ありがと」

ボールは使いこまれてささくれ立っている。回してみると油性ペンで何かクルクルした模《も》様《よう》が描《か》いてあった。いや、模様じゃなくて文字か。何て書いてあるんだ?

「読めねえ……」

俺がつぶやいた瞬間《しゅんかん》、レンがボールに跳《と》びついた。

「であっ。まちがえた！　あげるのはこっち」

レンは素早《すばや》く俺《おれ》からボールを取り上げると自分が持っていたボールと取《と》り替《か》えた。こっちのボールの方が新しい。いくらなんでも申し訳《わけ》ないぞ。

「これはぼくの名前が書いてあるからダメ」

レンがボールを背中《せなか》に回す。

「……わかった」

大事に使おう。俺は受け取ったボールを手の中でクルリと回した。すげえ。これでいつでも練習できる。

「じゃあまたね！」

レンはアパートに帰って行った。ボールを大切そうに持って。

俺はカバンにボールを入れ、自転車に――。ない。そうだ、公園に置いたままだ。俺は歩いて公園へもどった。

第七章　誤

レンと出会った日の夜、俺はインターネットで『セパタクロー』を検索《けんさく》してみた。動画がいろいろ出てきた。一つ選んで再生ボタンをクリックする。

観客《かんきゃく》に囲まれたコートに選手が三人ずつ立っている。一人の選手がボールを投げ、別の選手が片足《かたあし》をふり上げてそのボールを蹴《け》った。ボールが相手コートに入る。ヘディングでレシーブ、足でトス。そして、高くジャンプしてオーバーヘッドキック！

スパン！

軽くするどい音がしたかと思うと、ボールはもう相手コートのゆかではずんでいた。アタックをくり出した選手は、レンと同じように空中で回転し、きれいに着地した。

「すげえ」

マウスをにぎる手につい力がこもる。やってみたくてうずうずする。画面にはこんな文字がおどっていた。

『空中の格闘技《かくとうぎ》、セパタクロー』


次の日、俺《おれ》は自転車を飛ばしてアパートへ行った。

「足の甲《こう》で蹴《け》ってるだけだと、うまくならないよ」

レンが俺の足を指さした。俺は足の甲でリフティングをしている。足の甲で上がりすぎたら腿《もも》や頭。

「足の甲《インステップ》だとレシーブもトスも安定しない。基本《きほん》は足の内側《インサイド》」

レンが土《つち》ふまずのあたりをポンポンとたたいた。

「見てて」

レンはボールを投げ上げた。足の内側を上に向けてボールを受ける。立ったまま片足《かたあし》だけあぐらをかいたような姿勢《しせい》だ。土ふまずの上でボールがタシタシとはずみ続ける。

「やってみて」

「ん」

おかしい。レンのようにひざ下が水平に上がらない。

「かける、体がかたいのか?」

「いや……」

かたくないと言いたいが、かたい方だろうな。特に股関節《こかんせつ》。正直なところ、ストレッチはめんどくさいからきらいだ。

「毎日風呂《ふろ》上がりにストレッチしろ」

「……おう」


レンに言われたとおり毎日部屋でストレッチをし、ボールを蹴っているうちに、ひざ下が水平に上がるようになった。ボールを当てる位置が定まってくると、ボールの上がり方も安定してきた。インサイドが基本ってこういうことか。高くはずむと自分が空を飛んでいるようで気分がいい。

俺は毎日のようにアパートへ通いつめた。日が落ちるころアパートを出て二之城《にのしろ》公園へ行き、一人でリフティング。家でも部屋の中でリフティング。起きている間はずっとボールにさわっている。

でも、もうすぐ練習を始めて一か月になるというのに、まだリフティングとパスだけだ。あとはボールすら使わないシャドウという足運びの練習ばかり。高く上げる山なりのパスも、地面と平行な低いパスもできるようになった。いいかげんバシッと決める技《わざ》もしたいのに――、

「アタックとサーブは？」

「まだダメ」

レンの返事は今日もつれなかった。


梅雨《つゆ》入りが近いのか、このごろよく雨が降《ふ》る。

今日も、今にも降りだしそうなどんよりした空だ。俺《おれ》はレンのアパートからの帰りに二之《にの》城《しろ》公園でリフティングをしていた。

「かける」

突然《とつぜん》名前を呼《よ》ばれた。ふり向くとキョーコがいた。こっちをまっすぐ見て、うでを組む。

「聞きたいことがあるんだけど」

言いたいことが山ほどありそうな顔だ。練習を続けたいけれど、観念《かんねん》してベンチに座《すわ》った。

ペットボトルから水を一口飲む。

「かける、小学生とつき合ってるってホント?」

剛速球《ごうそっきゅう》の変化球がきた。

「ブ————ッ」

俺《おれ》は、盛大《せいだい》に地面に水を吐《は》いた。

「がほっ、ごほっ」

なんだそのファンタジーは。てめえの頭の中は、どうなってるんだ。今すぐその怪情報《かいじょうほう》の出所《でどころ》を言え————と問いつめたかったが、むせていて言葉にならない。

キョーコが話を続けた。

「私の友だちが、かけるが小学生の女の子といっしょに歩いてるのを見たんだって。しかも、すっごく仲よさそうに。見た人、一人や二人じゃないよ」

小学生の女の子？　なんだそれ。

「実はね、私の友だちにその子と同級生の妹がいるのよ。その子、相当な変人なんだって。いっつも奇抜《きばつ》な色の服を着てるし、よくわかんないスポーツにはまってるらしくて、それのことばっかりだって。つき合うなんてありえないと思うし、友だちのつもりでもそうは見えないって自覚して。かける、『不審者《ふしんしゃ》』ってかげ口言われてるの、知らないでしょ。あたし、知り合いとして恥《は》ずかしいんだけど。……っていうかやめときなよ、そんな子と関わるの」

ひょっとしてレンのことか。

「そいつ、男子」

俺は訂正《ていせい》した。

「バカじゃないの、かける！」

キョーコが立ち上がった。

「はあ？」

俺はキョーコを見上げる。何なんだよ、急に。

「七塚蓮《ななつかれん》でしょ？」

うわ、名前まで割《わ》れてんの？　こわ……女子の情報網《じょうほうもう》こわすぎる。俺はおそれおののいた。

「自分のことを『ぼく』っていう子はたまにいるのよ。っていうか見たらわかるでしょ？

六年生なら男か女かぐらい」

「え？」

こいつは何を言っているんだ？　理解《りかい》の悪い俺にキョーコがイライラした顔で最後の爆弾《ばくだん》

を落とした。

「七塚蓮《ななつかれん》は女子だってば！」

雨が降《ふ》り始めた。

俺《おれ》は次から次へと機関銃《きかんじゅう》のようにうわさ話を続けるキョーコを置き去りにして自転車で公園を出た。雨はすぐに本降りになった。Ｔシャツも短パンも雨を吸《す》ってべたべたと体に張《は》りつく。こいでもこいでも見慣《みな》れた風景。白線が薄《うす》くなったままの横断歩道。草だらけの土手。自動販売機《はんばいき》の上にならんだ空《あ》き缶《かん》。気がついたら、いつものジョギングコースだ。いくらペダルをふみこんでも住んでいる町から出られない。

家に帰りついたのは、夜の八時だった。

ガチャ

玄関のドアを開け、靴《くつ》を脱《ぬ》いで中に入ると翼《つばさ》がいた。なぜ仁王立《におうだ》ち？　と思った瞬間《しゅんかん》に俺は吹《ふ》っ飛んだ。玄関のドアに背中《せなか》がぶち当たり、一瞬《いっしゅん》息が止まる。

「ってえ」

俺はドアにもたれてうずくまった。口のはしが熱い。さわるとぬるっとして、指先にべっとり血がついた。

「おまえ、小学生とつき合ってんのか？」

確認《かくにん》する前にぶんなぐるってどういう了見《りょうけん》だよ。っていうかその話、もうすんだんだけど。なんであんたが中途半端《ちゅうとはんぱ》に知った上でキレてんの？　……キョーコがきたのか。

「んなわけねえだろうが！」

ガキに興味《きょうみ》はねえ！　って、俺の好みの話はいいんだよ。女子だってのも今日初めて知ったんだ、こっちは。

「すぐ別れろよ」

出たよ命令口調。一から十まで俺に指図する。つき合ってねえって言ってんのに。

「だまってないで何とか言えよ。かけるはいつもそうだ。だから誤解《ごかい》されて損するだろう」

翼が大まじめなので、俺は笑いそうになった。俺の言い分をまともに聞いたことなんてねえだろうが。自覚なしかよ。

「寝《ね》る」
俺《おれ》は部屋に入り引き戸を閉め、ベッドにたおれこんだ。

セパタクローがしたい。

でも、これでレンのところに行きづらくなってしまった。
俺が好きになったものは、何もかも俺の手をすり抜《ぬ》けていく。俺が何をしたってんだ?

第八章　友

俺は近所の小さな神社の境内《けいだい》で自分一人で練習することにした。レンのアパートへ自転車を走らせても途中《とちゅう》でブレーキをかけてしまう。引き返して神社にくるとホッとして、それから、ホッとした自分をなぐりたくなる。気がつけば、キョーコの一件《いっけん》があってからもう二週間だ。

タシ、タシ、タシ、タシ

黄色いプラスチックのボールが軽快《けいかい》に跳《は》ねる。インサイドでやるリフティングは、もう息をするのと同じくらい簡単《かんたん》だ。

タシ、タシ、タシ、タシ

リフティングだけでは物足らない。パスがしたい。レシーブがしたい。アタックがしたい。サーブがしたい。一人ではできない。なのに、なぜ俺は一人でリフティングをしているんだ？

翼《つばさ》になぐられたからか？　キョーコに迷惑《めいわく》がられたからか？　母親がごみでも見るような目で見るからか？　父親に空気のように無視《むし》されているからか？

俺《おれ》は空を見上げた。どんよりと厚《あつ》い雲。つい数日前に梅雨《つゆ》入りしたばかりで、いつまた雨が降《ふ》るかわからない。足元にボールが落ちる。テンとかわいた音がした。


どうでもいい。ホントにどうでもいいな。


セパタクロー以外のことは、どうでもいい。

不審者《ふしんしゃ》だと言われようが、バレーボールもサッカーも続かなかったダメなやつだと思われようが、どうでもいい。セパタクローが俺を呼《よ》んでいる。

その瞬間《しゅんかん》、俺は自転車に飛び乗り、レンのアパートに向かってこぎ出していた。

ははっ。

こげばこぐほど足が軽くなった。のびすぎた髪《かみ》が向かい風で後ろに流れる。川ぞいのジョギングコース、散歩の犬を三匹《びき》追いこした。

アパートが見えてきた。なつかしさすら感じて、胸《むね》が熱くなる。

アパートのフェンスに自転車を立てかけると、コートの真ん中まで走った。ひざに手をついて息を整える。

「いてっ！」

背中《せなか》に何か当たった。

「おそい！」

久しぶりに聞く声。

「悪《わり》い」

「二週間もこなかった！　二之城《にのしろ》公園にもこないし。なんでだよ」

レンがバシッとボールを蹴《け》る。俺は反射的《はんしゃてき》にインサイドで受けて高いパスを出した。でもレンはそれをとらなかった。ボールがフェンスに当たってカシャンと音を立てた。

「何か言われたのか？」

レンがさぐるようにこっちを見る。

「え？」

「ぼくのクラスの人、うるさいんだよ。『中学生とつき合ってんのか』とか『小学生の家に毎日くるなんてあやしい』とか――」

俺《おれ》はつい顔をしかめた。自分のいないところで起きていることを想像《そうぞう》すると、胃がおかしくなりそうだ。

「ぼく、すぐ言ったんだよ。かけるはセパタクローしにきてるだけだって。でも信じてくれない。かけるに声かけたのぼくなのに。もう！　頭にくる！」

レンがボールを拾ってするどく蹴《け》った。俺はインサイドでレシーブして右手に乗せた。レンはドサッとベンチに座《すわ》り、ブンブンとしきりに足をふり始めた。眉根《まゆね》にギュッとしわが寄《よ》っている。レンにまでイヤな思いをさせていたんだな。これは何とかしなくては。

「二人だからまずい。仲間を増やそう」

俺は、俺比《おれひ》三〇〇パーセントぐらいの前向きさをふりしぼった。

「おお、いいね、それ！」

レンがベンチからピョンと下りた。

「でも、できるのか？　かけるって引きこもりなんだろ」

ド正面カウンターパンチ。

「うっ」

「友だちいるのか？　セパタクローやりたいやつなんて、見つけられるのか？」

レンが容赦《ようしゃ》なくボディブローを打ちこんでくる。

「な、何とかする」

「何とか？」

レンが疑《うたが》わしげにこっちを見る。

「俺もさがすからレンもさがせよ」

「えっ」

レンがじりっと一歩下がった。

「何だよ？」

レンの目が泳ぐ。こいつも友だちいないのか？　キョーコの言ってたこともあながちウソではないのかもしれない。

「い、一週間！　一週間あれば、一人ぐらい見つけられる、かも」

レンが両手をにぎりしめた。

「一週間で一人な」

「がんばろう！」

レンがこぶしをこっちにつき出した。反射的《はんしゃてき》にグータッチ。

「ふふっ」

レンが急に笑った。

「何だよ？」

「タイにいたころもセパタクロー仲間とグータッチしてたんだ。手をのばしてさわったら、守備《しゅび》の位置を確《たし》かめられるし、仲間とのつながりがわかる。……こう、力が出るんだよね。団結力《だんけつりょく》のあるレグは強いんだよ」

『レグ』っていうのは『チーム』のことだ（ってネットで知った）。たった三人なのに息バラバラだったらキツイってのはわかる。それはいいとして、今「タイ」っていったよな？

セパタクローの本場じゃないか。

「タイに住んでたのか？」

「うん。小三まで住んでた。タイだと学校の授業《じゅぎょう》でセパタクローをやることもあるよ」

「へえ」

「町の中にもコートがあってね、ストリートセパタクローができるんだ。ぼくも友だちといっしょにやってたよ。屋台で売ってる食べ物を賭《か》けて勝負する人もいるんだ。おもしろいよ」

楽しそうだな、それ。

「みんな元気かなあ」

レンが遠い目をして空を見上げている。——と、急に俺《おれ》を見た。

「かける、ここにこない間も練習してただろ？」

「え？」

そうだけどなぜわかる？

「やってなかったらさっきの球はとれない。そろそろサーブ、やってみ——」

「やる」

俺は食い気味に返事をした。この時をどれだけ待っていたことか。もうパスとシャドウだけの生活には耐《た》えられない。

「よし。じゃ、基本《きほん》からね」

「おう」

「サーブは、スロワーが投げたボールをサーバーが蹴《け》る」

「すろわあ?」

サーバーとトサーとアタッカーの三人じゃなかったのか。だれだ、その第四の人物は。

「スロワーは『投げる人』。トサーかアタッカーがやる」

「ジャンプサーブは?」

「なし。サーブうつ前に軸足離《じくあしはな》れたら反則《はんそく》。見てて」

レンはコートの中の小さな円に立った。

「この丸がサービスサークル。サーブするとこ。あっちがクォーターサークル。スロワーが立つとこ」

レンがポールの根元を囲む半円を指さす。レンは自分でボールを投げ、すくい上げるように蹴った。ボールが大きく山なりになってネットをこえる。

「まずはこんな感じで入れて」

今度は俺《おれ》がサービスサークルに立った。レンが投げたボールを右足で蹴る。球が弧《こ》を描《えが》いて相手コートに入った。入ったけど……、

「チャンスボールだな」

こんなんじゃ簡単にとられるぞ。

「慣《な》れたらもっと高いところから蹴る」

「そっちがいい」

俺は右手を上げた。

「この辺」

「言うねえ。いいよ、やってみよう」

レンがニヤッと笑ってボールを投げる。

パシッ
ネットにかかってしまった。

「惜《お》しい！　かける、足止めない方がいいよ」

そうなのか。足を回転させるとコントロールできない気がしたんだが……。

「足、思いきり回してみて。その方がスピードに乗って思った方に飛ぶよ」

レンがもう一度ボールを投げた。ボールに向かって勢《いきお》いよく足をふり抜《ぬ》く。

パシンと音がしてボールが相手コートに入った。

「いよっしゃあ！」

俺《おれ》は思わずガッツポーズだ。球威《きゅうい》は足りないけど、のびしろがすごいぞこれ。

「いいね！」

レンがギュッと目を細めて笑う。

「まだいける」

「足が上がればね」

もっと高い打点から蹴《け》れば、もっとパワーのあるサーブになる。また股関節《こかんせつ》問題か……。

「ストレッチしろ」

「してる」

「起きてる間中ずっとしろ。そんで、風呂《ふろ》上がりにはテッテーテキにしろ」

「おう」

「かけるがサーバーやるなら、アタッカーほしいね。アタックガンガン決めてブロックバシバシできるアタッカー。そしたらレグが組めるよ」

レンがまだ見ぬアタッカーを思い描《えが》いてうっとりしている。レグを組んで三対三で試合――やってみたいな。

「もう一本くれ」

俺《おれ》はレンにボールを渡《わた》した。


レンと別れてから公園で練習し、公園の時計が九時を回ったころ家に帰った。俺は音を立てないよう慎重《しんちょう》に玄関《げんかん》を開けた。俺の家はリビングを通らないと自分の部屋に行けない造《つく》りだ。だれもいませんように。――人影《ひとかげ》はないがテーブルに何かあった。学校からの手紙と飯《めし》だ。

『席替《せきが》えしたけどかけるの席は変わってないよ。入り口側の一番後ろ。課題早めに出してね。受験対策《じゅけんたいさく》のプリントだからやった方がいいよ』

これはプリントに貼《は》られたふせん。キョーコの字だ。学校だよりと英語と数学のプリント。

ジュケン……異国《いこく》の風習のように遠く感じる。

『翔《かける》』

これは出前のお好み焼きに貼られたふせん。父親の字だ。母親が忙《いそが》しい時、出前を取るのはよくあることだが、父親が書いたメモは初めて見た。俺はお好み焼きとプリントを持って部屋へ行こうとして、もう一度リビングを見た。何かが昨日とちがう気がする。でも何がちがうのかはわからなかった。

部屋に入るとすぐに引き戸の後ろにつっぱりポールをはめてロックした。ベッドからマットレスを下ろして壁《かべ》に立てかける。そのままではたおれてくるので机《つくえ》を動かして押《お》しつけた。マットレスにメジャーを当てて、ゆかから一五五センチのところにガムテープを貼る。机の上の電気スタンドや時計を机の下に押しこむ。

これでよし。

俺はボールを投げるとマットレスに向かって蹴《け》った。ポスンと落ちる。これじゃ話にならねえ。もっと足が上がらないと……。やっぱ地道にストレッチするしかないな。でも、やればいいだけの話。何とかなる。

問題はもう一つの方だ。仲間さがし。俺《おれ》はストレッチをしながら一大決心をした。壁《かべ》にかけっぱなしの制服《せいふく》をにらみつける。

第九章　募

「学校教育法施行規則《せこうきそく》の第五十七条にね」

月曜日の朝、久々《ひさびさ》に六時半に飯《めし》を食っていたら、母親が突然《とつぜん》語りだした。

「卒業は校長が平素《へいそ》の成績《せいせき》で定めなさいってことが書いてあるの。出席日数のことはひとことも書いてないのよ」

へえ。中学校で留年《りゅうねん》ってあるんだろうかと密《ひそ》かにビクビクしていた俺は、少しだけホッとした。

「今からでもおそくないんだから勉強はがんばりなさいよ。『平素の成績』」

俺は無視《むし》して飯を食い続けた。母親は「お先に行ってきまあす」と玄関《げんかん》を出て行った。

意を決して九か月ぶりに学校にきたけれど、靴箱《くつばこ》でくじけそうだ。人がいっぱいいる。放送もしゃべり声もうるさい。汗《あせ》と砂《すな》ぼこりのにおいがムッと鼻をつく。バレー部のやつに会ったらどうしよう。もう帰りたい。――俺《おれ》は頭の中のゴチャゴチャをふりはらい、靴《くつ》を脱《ぬ》ぐことに集中した。

「あれ？」

俺は足を止めた。靴箱に入っている上靴《うわぐつ》の色がちがう。つい二年の靴箱にきてしまった。俺、三年だったわ。三年はどこだ？　靴を持ってウロつく。あった。一番奥《おく》だ。靴を入れ上靴をはいた。はいてしまったら、もう教室に行くしかない。ああ、緊張《きんちょう》する。でも、いつまでも上靴を見ているわけにもいかない。

顔を上げると、靴箱の貼《は》り紙が目に留《と》まった。

『来たれ、剣道部《けんどうぶ》　部員募集中《ぼしゅうちゅう》』

あー、こういうのがあったらいいのか。小学生のころ二之城《にのしろ》ＦＣでもポスターとかチラシとか作ってたな。

階段《かいだん》を上《のぼ》り後ろのドアから教室に入ると、ざわついていた教室が一瞬《いっしゅん》シンとなった。視線《しせん》が刺《さ》さる。俺はうつむいてやりすごし、一番後ろの一番ドアに近い席を見た。キョーコのふせんによるとここが俺の席なんだが……。机《つくえ》の中は空《から》だし、ほかの席とちがって横にバッグもかかっていない。ここだよな。俺は音を立てないようにいすを引いた。教室がヒソヒソとさざめく。わかってはいたけどイヤなもんだな、やっぱり……。イタタマレナイってやつだ。気にしてもしょうがない。ショートホームルームが始まる前に、試しにポスターを書いてみよう。俺はノートを開いて、ペンケースからシャーペンを出した。

カチカチカチ

芯《しん》を出しながら考える。どこに何を書けばいいだろう。とりあえず、でっかくセパタクローって書いてみるか。

『セパタクローに興味《きょうみ》のある人、連絡《れんらく》ください』

書けた。『興味のある人』……いるわけない。だめだ。俺はページをめくった。

『いっしょにセパタクローをしませんか？』

『いっしょに』……しませんよね。俺は次のページを開いた。

『セパタクローは楽しいよ☆』

何このファンシーさ。ないない。……もう一回書くか。

『セパタクローを知ってますか?』

知らねえよな。だから何?

「セパ……タクロー?」

急に上から声が降《ふ》ってきた。野太《のぶと》い声。顔を上げると気の強そうな太い眉毛《まゆげ》が見えた。でかくてごつい。だれだこいつ。五分刈《ごぶが》り……野球部か? 名札には『山本《やまもと》』と書いてあった。

「おわっ!」

俺は急いで机《つくえ》にかぶさり、書きかけのノートをかくす。

「なあ、セパタクローって何?」

山本が首をかしげている。ひょっとして興味《きょうみ》があるのか?

「球技《きゅうぎ》。足使うバレーみたいな」

俺はごく短く説明した。

「へえ、バレーか」

いや、バレーボールじゃないって——。

「なあ、おまえ藤倉《ふじくら》だろ。なんで今まで学校こなかったんだよ。卒業できるのか?」

山本

山本《やまもと》が太い眉毛《まゆげ》をくわっと上げた。いきなりそういうこと聞く？　心臓《しんぞう》に悪いやつだな。俺《おれ》がだまっていたら山本は素早《すばや》く俺の机《つくえ》からノートをうばった。

「『セパタクローしたい人募集《ぼしゅう》』ってこれ勧誘《かんゆう》？　あれ？　藤倉《ふじくら》、バレー部だよな？　セパタクローってやつやってんの？　そんな部あったっけ？　みんなもう引退すんのに今から部員募集っておそくないか？　受験《じゅけん》どうすんの？」

なんなの、こいつ。もうむり。帰ろう。俺がペンケースにシャーペンを入れた時、ちょうどチャイムが鳴った。山本が席にもどる。教室にかけこんだキョーコがこっちを見て、でかい目をさらに見開いた。朝のショートホームルームが始まった。

山本の言葉が頭から離《はな》れない。『みんなもう引退すんのに』――そのとおりだよ。周回おくれもいいとこだよ。悪かったな、クソ。しかも受験て。今一番言われたくないことをあんな見ず知らずのやつに――――。進路ってみんなもう決めてんのかな……。

昼休みには廊下《ろうか》でバレー部の後輩《こうはい》にばったり出くわし、下を向いて通りすぎた。リューが立ち話をしているのも見かけ、回れ右をして教室にもどった。

帰る前にもう一度、靴箱《くつばこ》の貼《は》り紙を見た。『部員募集』。棒《ぼう》を一本描《か》いただけの竹刀《しない》の絵と、お世辞《せじ》にもきれいとはいえない手書きの字。その小さなポスターがまぶしく見えた。そのポスターだけではない。今日、生まれて初めて掲示板《けいじばん》をきちんと見ておどろいた。そこでは、いろんな情報《じょうほう》が発信されていた。部員募集、ボランティア募集、参加者募集、ライブの告知……。すげえなあ。なんでそんなに自信をもって自分のしたいことができるの？　俺と何がちがうの？　何食ったらいいの？

家に帰ってリビングに入った俺は「あっ」と声を上げた。食器棚《しょっきだな》のガラスがなくなって代わりに段《だん》ボールが貼ってある。ゆうべ覚えた違和感《いわかん》はこれだったのか。ガラス、割《わ》れたのか？

俺は部屋にこもると、もう一度ノートを開いた。学校で書くからじゃまが入ったんだ。家で書いてしまおう。

『セパタクローをしたい人募集中』

何回も書き直して、ようやく見出しが書けた。セパタクローの説明も書いて（これが思ったより大変だった）、その下にセパタクローボールの絵を描《か》いた。セパタクローのボールは六本の帯が『三すくみ』という形で組み合わさっている。要するに絵にするのが難《むずか》しい。俺が描いたボールは、ぐしゃぐしゃに丸めたごみみたいになってしまった。一応丸《いちおうまる》いから、もうこれでいいや。俺《おれ》は書き上げたページを慎重《しんちょう》に切り取った。それだけでジョギング十キロ分ぐらいつかれて、ふとんにダイブして眠《ねむ》った。

翌日の朝、部屋から出るなり翼《つばさ》に出くわした。その顔を見て俺はギョッとした。左目の下からあごにかけて紫色《むらさきいろ》に腫《は》れ上がっている。

「どうしたんだよ、それ？」

俺は思わずその左半分だけふくれた顔を指さした。よく見ると右のほおにも三、四本赤い筋《すじ》がある。指の跡《あと》？

「おまえには関係ない」

翼はモゴモゴした声を残して、部屋に入って行った。なんだ、あれ。

その日の昼休み、俺は昨日書いた紙を持って職員室《しょくいんしつ》の前に立っていた。

『失礼します。3－Cの藤倉《ふじくら》です。三田村《みたむら》先生はいらっしゃいますか？』

大丈夫《だいじょうぶ》、言える。言えるよな。担任《たんにん》にたのめばいいよな、こういうものは。俺は頭の中で何度もシミュレートしてから職員室のドアをノックした。その瞬間《しゅんかん》、ドアが開いた。――杉セン！　こいつはとんだ『村』ちがいだ。

「あ、杉《すぎ》……村《むら》先生」

「おお、藤倉じゃないか。学校きてたのか。ちょうどよかった。話がある」

杉センは職員室のドアを閉めて廊下《ろうか》に出てきた。杉センが俺の手に目を留《と》めた。

「何だこれは？」

杉センが俺の手からポスターをむしり取って読み始めた。顔がみるみる曇《くも》っていく。

「セパタクローをしたい人募集《ぼしゅう》？」

読み終わると顔を上げた。

「藤倉、同好会を作るのか？　バレー部はどうするんだ？」

「え。いや、その……」

俺はしどろもどろになった。同好会って何だ？　そんなのうちの学校にあったっけ？　考えたこともなかったけど、仲間を作るにはいいかもしれない。でも俺はバレー部のままだ。まずは退部《たいぶ》か？　退部ってどうやるんだ？　杉センは一度にいろんなことを考えてあたふたしている俺《おれ》を無表情に見つめている。

「みんなずっとおまえを待ってるんだ。学校にこられるようになったんなら、まずバレー部に顔を出すのが筋《すじ》だろう。ほかのことはそれからだ」

杉センは俺のポスターをうばったまま職員室《しょくいんしつ》に入って行った。俺は教室にもどって席につくと、うつぶせになり目を閉じた。

『バレー部に顔を出すのが筋』か……。三年間一つの部活をやりとおすのは立派《りっぱ》だと思う。でもやりたいことを見つけたのにバレー部にもどるなんて俺には耐《た》えられない。恨《うら》まれるのは覚悟《かくご》している。俺はセパタクローがしたいんだ。


家に帰ると今度は父親と出くわした。俺はまたギョッとした。あごが青くなってプクーッとふくれている。ついその腫《は》れ上がった顔をまじまじと見てしまった。食器棚《しょっきだな》のガラスが割《わ》れ、父と兄が負傷《ふしょう》している。けんか？　なぜ？

父親と目が合った。けれど父親はふいっと俺に背《せ》を向け、無言のまま寝室《しんしつ》へ入ってドアを閉めてしまった。

次の日の放課後《ほうかご》、俺は体育館へ向かった。制服《せいふく》のポケットに入った退部届《たいぶとどけ》（昨晩母親が深いため息とともにハンコを押《お》してくれた）の感触《かんしょく》を確《たし》かめる。まずはとにかく退部だ。バレー部に籍《せき》があったらポスター一枚貼《まいは》ってもらえない。

退部届を見せたら何を言われるだろう。『残り少ないから退部は許可《きょか》できない』？　『外周一〇〇周走れ』？　『みんなの前で土下座《どげざ》しろ』？　頭の中がグルグル回り始めたころ、体育館についた。

体育館の扉《とびら》を押すとボールの音と部員の声がわっと押し寄《およ》せる。俺が入る前に杉センが俺を見つけて出てきた。扉が閉まると同時に沈黙《ちんもく》が下りる。

「僕《ぼく》、やめます」

俺は封筒《ふうとう》をさし出した。杉センは退部届を受け取って目をとおすと顔を上げた。俺の目をまっすぐに見る。

「もう決めたんだろ？」

おこっているわけでもないし、あきれているわけでもない。それは単なる事実確認《かくにん》だった。

「はい」

俺《おれ》は目を見て答える。杉センが、

「セパタクローってやつか？」

と聞いた。杉センの口から聞くとまるで未知の食べ物の名前みたいだ。

「ちょっと調べてみたんだ。あれならおまえの足技《あしわざ》が全部活《い》かせるよな」

杉センの明るい声。俺は何だか拍子《ひょうし》抜《ぬ》けして、

「はあ。ありがとうございます……」

とあやふやな返事をした。

「やるのはいいけど勉強もしろよ。受験生《じゅけんせい》だからな」

「はい……」

返事はしたものの俺の頭の中は今、セパタクローでいっぱいだ。

「なあ藤倉《ふじくら》、セパタクローのてっぺんってどこだ？」

てっぺん？　セパタクローはオリンピック種目にはなっていない。世界で一番大きな大会は、

「アジア大会です」

四年に一度の大舞台《おおぶたい》。世界の頂点《ちょうてん》を決める戦いだ。

「そうか。せっかく自分で選んだ道なんだから――――」

杉センはそこで言葉を切ると、俺を見た。

「日本代表になって、てっぺん獲《と》れ」

「え」

俺は言葉に詰《つ》まった。「はい獲ります」って軽々しく言えるもんでもねえし。

「そこを目指せよ、やるからには」

渡《わた》り廊下《ろうか》に俺の靴音《くつおと》だけがやけに大きく響《ひび》く。

『日本代表』？　『てっぺん』？　――――。応援《おうえん》してもらえたんだよな、きっと。自分の耳にじかに届《とど》いたその言葉は、血の通った生き物みたいにいつまでも熱を持ち、じわじわと重みを増していった。

マンションの駐輪場《ちゅうりんじょう》まで帰ると、自転車を出して二之城《にのしろ》公園へ向かった。レンと「一週間で一人」の約束《やくそく》をした時に、今週は、俺《おれ》は二之城公園、レンは近所の児童公園でそれぞれ練習すると決めていた。人目につくところで練習して、興味《きょうみ》を持ってくれる人がいたら仲間に誘《さそ》おうという作戦だ。地味な方法だけど、それが俺たちにできるせいいっぱいだ。小学生でもお年寄りでも仲間になってくれるんだったらだれでもいい。二人きりじゃなくなれば不審《ふしん》者《しゃ》とか言われずにすむはずだ。

レンはもう見つけただろうか。

昨日も一昨日《おととい》も公園でリフティングをしたけれど、何の成果もなかった。あっという間に金曜日。今日がラストチャンスだ。

ようやく六時間目が終わり、ショートホームルームもすんだ。「さようなら」の「ら」が聞こえた瞬間《しゅんかん》、俺はもうドアに手をかけていた。一人で階段《かいだん》をかけ下りる。まだほかのクラスは終わってないらしくて階段は無人だった。一番上の段から下のおどり場へ一気に跳《と》んだ。二之城公園にはめずらしく先客がいた。でかいラジカセで音楽をかけながらダンスをしている。上の方をツンツンに立てたソフトモヒカンだ。おどる姿《すがた》が妙《みょう》に堂《どう》に入《い》っている。モヒカンをさし引いても俺より少し背が高い。……高校生？

俺はその横でリフティングを始めた。しばらく練習していたらモヒカンが音楽を止めた。

「ねえ、それさ、なんてスポーツ？」

――きたあっ！

「セパタクロー……です」

まずい。声が上ずる。

「あ、知ってる。ブラジルの格闘技《かくとうぎ》っしょ」

モヒカンはすげえニコニコだ。体がヒョコヒョコゆれていて、右手の人さし指と中指もケテケテケテと常《つね》に動いている。リズムをとっているみたいだ。

「それはカポエイラですね。セパタクローは足でやるバレーみたいな――」

俺はがんばってしゃべった。興味《きょうみ》を持ってもらえれば仲間になってくれるかもしれない。

「ふうん。おもしろそうじゃん。ボール貸《か》して」

モヒカンはボールを受け取ると、すぐに蹴《け》り始めた。

「へえっ。軽い！　わ、かたい、かたい。足が痛《いた》いかも……あ、でも慣《な》れるね、これ」

楽しそうにボールを蹴《け》り続ける。何気にうまい。体がやわらかいからか。

「あの、近くのコートで仲間と練習してるんですけど……きてみますか？」

俺《おれ》は、崖《がけ》から飛《と》び降《お》りるぐらいの勇気を出した。

「へえ。どこでやってんの？」

モヒカンが足を止めた。きたきた！

「公園の下の道をまっすぐ行ってコンビニを右に曲がったら見えると思います」

「リョーカイ。オレ、武内友典《たけうちとものり》。タケって呼んで」

「あ、俺、藤倉翔《ふじくらかける》です」

「土日はさ、両方やってる？」

「俺はいます。コートは二つならんでるアパートの前です」

「うい。行けたら行くね」

いよっしゃあっ！

「ありがとうございます」

俺《おれ》は頭を下げた。

「またねー」

タケさんはニコッと笑って軽く手を上げ、モヒカンをヒョコヒョコさせながら、去って行った。タケさんの後ろ姿《すがた》が見えなくなると、俺はがまんできなくて一人で小さく「ッシャ！」とガッツポーズをした。

第十章　客

土曜日、アパートに行くとレンがいた。

「仲間、連れてきたよ！」

とレン。

「すげえな。どこ？」

俺は周りを見回した。だれもいないぞ。

「ここ」

レンが足元を指さした。ひざのあたりに小さな子どもがくっついている。

「こんにちは！」

子どもが俺に向かって手を合わせた。なんとなく俺も手を合わせる。

「こんにちは。……だれ、この子？」

「ぼくの妹！」

「ななつか　あい。さんさい！」

足元でアイが指を三本立てた。数はわかるらしい。

「球拾いぐらいできるよ。三歳《さい》にしてはしっかりしてるし」

アイがこくりこくりと首を縦《たて》にふる。

「迷子《まいご》になったら困《こま》る。返してこい」

俺《おれ》はアパートを指さした。

「マイペンライ！　まいごならない！」

アイがレンの後ろにかくれて「べえっ」と舌《した》を出した。

「マイ……？」

「『マイペンライ』はタイ語で『気にしないで』って意味」

とレン。気にするに決まってるだろ。目を離《はな》したすきに道路に飛び出したらどうするんだ。

「ダメだ。あぶない。集中できない」

俺は必死で反対した。

「やっぱりダメか。ごめん、アイ。あとで遊ぼう」

「えーっ。アイもやりたい！　ケチ！」

何とでも言え。アイは俺に向かって力いっぱい「イーッ」って顔をしたまま、レンに引きずられて行った。

家からもどってきたレンは、

「かけるは見つかったのか？」

と横目で俺を見た。

「……声はかけた」

「へえ！　それで？」

きてくれるかどうかはわかんねえけど。

レンの目がかがやく。

「……『行けたら行く』って」

その瞬間《しゅんかん》、レンの目からしゅうっと光が消えた。

「その人、こないよ」

あからさまにがっかりした声。だよな。俺《おれ》もそう思うわ。実際《じっさい》タケさんは現《あらわ》れなかった。

日曜日も俺はアパートに行った。俺がついた時には、レンはもうボールを蹴《け》っていた。

「おそい！」

俺を見るなりいつもの文句《もんく》。ちなみにまだ朝の十時だ。

「おそくねえ」

ぼりぼり頭をかきながら言い返す。俺は二之城《にのしろ》公園で練習してからここにくるようにしている。早すぎるとすんげえ楽しみにして張《は》りきっているみたいで恥《は》ずかしいからだ。

ネットの状態《じょうたい》を確認《かくにん》して（傷《いた》んでいるが十分使える）、あらためてストレッチから始める。かなり開脚《かいきゃく》できるようになってきた。今、一二〇度ぐらい。ストレッチがすんだら次はパス練習だ。

レンとのパス練習は無限《むげん》にラリーが続く。だんだん気分がハイになる。ときどき、レンがわざととりにくいところに蹴ってくる。拾ってパスすると、今度は強く返してくる。ボールが地面につくその瞬間《しゅんかん》まで、集中が切れることはない。

パス練習のあとにサーブ練習をした。股関節《こかんせつ》がやわらかくなって打点が高くなったおかげで、俺のサーブはどんどん球威《きゅうい》を増している。次はこうしてみよう、次はここを直そうと思いながら蹴り続けていたら、あっという間に昼になった。レンは家に帰り、俺はコンビニに昼飯《ひるめし》を買いに行った。赤いベンチでむすびとから揚《あ》げを食っていたら、もうレンがもどってきた。

「かけるの友だち、こないね！」

レンがシシシと笑った。うれしそうに言うな。

「タケさんはくる」

うわ、我《われ》ながら信《しん》ぴょう性ゼロ。

「タケさんって人、どこにいたんだ？」

「公園でおどってた」

考えてみれば、すでに打ちこむものがあるってことだよな。

「じゃあ、むりだよ」

レンがとどめを刺《さ》す。俺は否定《ひてい》できず、がっくりとうなだれた。

気分を変えよう。俺《おれ》は外にある水道で手と顔を洗《あら》い、ついでに頭も洗ってベンチに寝《ね》ころんだ。ぬらした頭がスースーして気持ちいい。空が青い。少し休んだらまた練習しよう。空にボールを上げたい。何度でも。ずっと。

「あ、だれかきたよ」

レンが立ち上がった。

「タケさん?」

起き上がってみたら、アパートの入り口のビワの木のそばに見覚えのあるやつが立っていた。

「やっぱ藤倉《ふじくら》だあ」

でかでかと筆文字で『柔』と書かれたTシャツ。コンビニ袋《ぶくろ》を手に提《さ》げ、足元ははだしにサンダルばきだ。柔道部《じゅうどうぶ》だったのか。

「山本《やまもと》……」

なぜ山本がここにくるんだ? 俺、場所とか教えた覚えないのに。背中《せなか》をいやな汗《あせ》が伝った。

「うち、近所なんだよね」

山本がコンビニの袋を持ち上げてみせる。

「タケさん？」

レンが山本を見上げて聞いた。

「ちがうよ。自分は山本。えーっと、藤倉クンの友だち」

『藤倉クン』て。

「友だち？」

レンは目をキラキラさせて、

「かける、友だちいたのか！　よかったなー」

俺の背中をバシバシたたいた。

「痛《いて》え、やめろ」

レンはまた山本のところに行って、

「ぼく七塚蓮《ななつかれん》！　山ちゃんはセパタクローやりにきたのか？」

とか何とかしゃべっている。

「あ」

山本《やまもと》の顔が一瞬《いっしゅん》引きつった。

「うーん、自分、球技《きゅうぎ》は苦手なんだよね。たまたま藤倉《ふじくら》が見えたからきてみただけ」

「しないのか……。なんだ、がっかり」

「これ、セパタクローのネット？」

「うん。こっちがボール」

レンが山本にボールを渡《わた》した。

「へえ。うわ、スカスカ。おもちゃみてえ。ボールっていうよりカゴ？　あははっ」

山本が左手でボールを投げながら笑っている。やめろ。んなこと言うやつはボールにさわるなっ。

スパン！

俺はボールを蹴《け》った。

「うわっ、あっぶねえ。何すんだよっ」

山本がよろけながら文句《もんく》を言う。俺はぎりっと山本をにらんだ。

「怒《おこ》るなよそんなに。だってセパタクローなんか知らないし。オリンピックにないじゃんか」

「アジア大会では公式種目だ」

俺がつぶやいたら、

「タイにはプロリーグがあってテレビ中継《ちゅうけい》もしてるよ！」

レンが元気よくつけ足した。

「世界選手権もあるし、日本でも国内大会いろいろあるよ！」

「ふうん。タイかあ。あ、ムエタイの国だよな」

「そうそう！」

レンがニコニコ笑う。わかんねえ。球技が苦手でセパタクローをするつもりがないなら何しにきた？　俺は前髪《まえがみ》の下から山本をにらみつけた。

「だから怒るなって」

山本が人なつっこい笑顔を浮《う》かべて近づいてきた。初対面は最悪だったけど、悪いやつじゃないんだよな、たぶん。俺によゆうがないだけだ。ズカズカ入られると気持ちがざわつく。

こういう押《お》しの強さは兄の翼《つばさ》を思い出させた。速《すみ》やかに帰ってほしい。

「山ちゃん、その袋《ふくろ》、何？」

レンが山本の提《さ》げているコンビニ袋を指さした。『片栗粉《かたくりこ》』という文字が透《す》けて見える。

「あ、そうだ。ばあちゃんにたのまれてたんだ。今日の晩飯《ばんめし》から揚《あ》げなんだよ。じゃまたな」

「またきてね！」

レンがブンブンと手をふった。


やがて日が落ち始めた。ポールの影《かげ》が長くのび、角度によっては太陽が目に入ってボールが追いづらい。夕焼けはきれいだが、日が落ちるってことはタケさんはもうこないってことだ。また明日から仲間さがしか。いったいいつになったら見つかるんだ？

「わあ、ホントにやってる」

後ろから声がした。

「あ、タケさん！」

俺《おれ》は跳《と》び上がってさけんだ。

「タケでいいってば。こんにちは。仲間ってこの子?」

「そうです」

「ぼく七塚蓮《ななつかれん》! 六年です。よろしくお願いします」

「こちらこそ。え、小六? てことは、まさか、かけるも小学生?」

「俺は中三です。二之城中《にのしろ》」

「ええっ、中三?」

「タケは?」

レンがたずねた。

「オレ、中二。石波見中《いしなみ》。かけるのこと、勝手に同級生だと思ってた。思ってました。すんません」

「いや、タメ口でいいし」

「タケちゃんはなんでこんなにおそかったんだ?」

とレンが聞くと、

「ダンスしてた。オレさ、部活入らずにダンススクールに通ってんの」

タケが答えた。

「ダンス？」

レンは、あらためてタケを上から下までじろじろながめてから、

「じゃあ片足立《かたあし》ちしてみて」

とたのんだ。

「うい」

タケは片足をすいっと上げた。足のすねが耳につく。微動《びどう》だにしない安定感。やわらかすぎるだろ！

「リフティングは？」

「できるよ」

タケはボールを受け取るとリフティングを始めた。

「すごい、すごい。タケもいっしょにセパタクローしよう」

レンがタケの周りをピョコピョコ飛びはねた。

第十一章　場

平日とは授業中《じゅぎょうちゅう》に眠気《ねむけ》と戦う日々のことだったのか。俺《おれ》は地道に英単語を覚え、数学の公式を覚え、古文の助動詞《じょどうし》を覚え――きれずに眠くなる。

そんな俺にもやっと土曜日が巡《めぐ》ってきた。なのに、朝から雨が降《ふ》っている。もう七月なんだからさっさと梅雨《つゆ》明けしろっての。俺は部屋の窓《まど》から遠足の日の子どもみたいに鈍《にぶ》く光る雨を見ていた。

昼すぎに雨が止《や》んだ。俺は自転車に飛び乗ってアパートへ向かった。コンクリート張《ば》りのコートに水たまりが光っている。レンがしゃがみこんでスポンジで水を吸《す》ってはバケツに移《うつ》している。スポンジしぼりを手伝っていたらタケもきた。

タケは土日と都合《つごう》のつく平日に練習に加わっている。仲間が増えたんだ。ついに三人のレグが組める。しかも、あいつとは何のつながりもない俺だけの仲間。

「今日はタケちゃんとかけるでサーブの練習しよう」

レンがバケツを片《かた》づけ、走ってもどってきた。

「え、もう?」

俺《おれ》は一か月パスとシャドウだけだったのに、タケはすぐサーブとか納得《なっとく》いかねえ。

「タケは空《あ》きがある。かけるはいろいろ入ってたから一回空《から》っぽにしたかった」

バレーボールとサッカーのことか。……わからないでもない。

「オレ、サーブうってみたい。かける投げて」

タケがサービスサークルに立つ。

「ん」

俺はクォーターサークルに入り、ボールを手に乗せてそっと投げた。

パスン
一球目はネット。でも二球目はネットをこえた。

「ナイスサーブ!」

レンが手をたたく。

「やった。入った入った」

タケも頭の上で手を鳴らす。

「次、かける」

レンがタケにボールを渡《わた》した。

「ゆっくり投げて。ふわっとね」

俺はタケと場所を入《い》れ替《か》わる。レン以外のスローでサーブをするのは初めてだな。

フッ
タケがボールを投げた。

お、いい感触《かんしょく》！　サーブは反対側のコートでバシッと跳《は》ねた。

「わお、ナイサー」

タケが短く口笛《くちぶえ》を吹《ふ》いた。

「タケのスローうちやすい」

レンのもうちやすいけど、タケのは球の軌道《きどう》が見えるような気がした。動きにムダがないからか。

「マジで？　よっしゃ」

タケが笑ってこぶしをつき出す。俺《おれ》は右手をにぎってゴンとぶつけた。

練習をしていたら、轟音《ごうおん》が響《ひび》き始めた。

ゴガ　ガシャガシャ　ガシャガシャ　ゴゴゴゴン
「何あれ？」

タケが入り口を指さす。二トントラックが足場用のパイプを山のように積んで入ってきた。土曜日なのに何か作業を始めるつもりだろうか。

「今日からかあ」

レンがリフティングをやめてトラックを見た。

「何が？」

「うちのアパート、片《かた》っぽ取《と》り壊《こわ》して駐車場《ちゅうしゃじょう》にするんだって。でもコートは使えるから平気だよ」

レンはまたボールを蹴《け》り始めた。目の前にトラックが停《と》まり、作業員が降《お》りてきた。

「ホントに大丈夫《だいじょうぶ》？」

タケが心配そうにたずねる。

「大丈夫だよ。ほら、そこに貼《は》り紙があるよ」

レンが郵便《ゆうびん》受けの横のフェンスを指さす。俺とタケは貼り紙を見に行った。

「『アパート取り壊し工事のお知らせ』……レンちゃん、コートも取り壊しかも！」

「うそ！」

レンが走ってきた。

「『アパートA棟《とう》およびアパート前広場』の広場ってさ、コートのことじゃない？　ほら、この地図見て」

タケが指さした『工事予定地』という赤いエリアに、どう見てもコートが入っている。俺は地図の横の工程表《こうていひょう》を見た。先にアパート、次にコートを取り壊し、最後に全体にアスファルトを打つらしい。コートのコンクリをはがし始めるのは――、

「二週間後」

自分で言って愕然《がくぜん》とした。すぐじゃねえか。

「え、何が、何が？」

レンも工程表《こうていひょう》をのぞきこむ。

「あと二週間でコートの取《と》り壊《こわ》しが始まるぞ」

俺《おれ》は表の中の『広場』と書かれた部分を指さした。

「練習場所がなくなるじゃん！」

タケは口を大きく開けたまま固まってしまった。レンは無言でしきりにまばたきをしている。

「えぇぇぇぇぇっ」

二人は顔を見合わせて絶叫《ぜっきょう》した。

「ふっざけんな！」

タケがフェンスを蹴《け》り始めた。ガシャンガシャンとフェンスが波打つ。

「いやだあああぁ」

レンが紙をはがそうとする。俺はあわててレンを止めて貼《は》り紙を背中《せなか》でガードした。レンが顔を真っ赤にしてわめき、俺のうでを引っぱる。

コートがなくなる？　やっと練習できるようになったのに、なんてことしやがるんだよ。

俺は空をあおいだ。


カン！　カン！　カン！　カン！　カン！　カン！

作業員たちはさっそく足場を組み始めた。俺たちはベンチに座《すわ》って手際《てぎわ》のよい仕事ぶりを
ボ――――ッと見ている。途方《とほう》に暮《く》れるとはこのことだな。

「ああ、ぼくんちが大金持ちだったらなあ」

と、となりに座るレン。

「石油王の愛人《あいじん》になったらいいじゃん」

と、レンの向こう側に座ったタケ。無茶《むちゃ》なことを。

「俺、むり」

「かけるじゃなくてレンちゃん」

「えー、ぼくもむり。そういうの、キャラじゃないよ」

「キャラ以前に子どもだろうが」

俺《おれ》がツッコむと、

「やっぱオレか」

タケが髪《かみ》をかき上げてみせた。

「……難《むずか》しいな」

モヒカンの愛人。……どこに需要《じゆよう》があるんだ。あったらあったでこわいし。

「だよな。あーーっ、どうしよ」

タケがベンチの背もたれに頭を乗せて空を見上げる。話が一ミリも進んでいない。

「さがそうよ」

レンがタケの肩をゆする。

「でもセパタクローのコートなんてどこにもないじゃん」

タケの言うとおりだ。でも、バドミントンのコートでもいいんだよな。ネットは持って行けばいい。ポールだって――。

「なあ、このポールって動かせるんだよな?」

俺はレンに確認《かくにん》した。

「うん。台風の時とか転がしてすみっこに寝《ね》かせとくよ」

「え！　そしたらさあ――」

タケがガバッと体を起こした。

「ポールが置ければいいのか」

俺の方が早かった。

「それ！」

タケの目がキランと光る。

コートじゃなくても広ささえあればいい。

場所さがしのハードルがぐっと下がった。

「それなら見つかるよね！」

レンの言葉に俺とタケは大きくうなずいた。

第十二章　川

月曜日の朝、俺《おれ》は中学校へ向かう道を歩きながら考えを整理した。

同好会を作ろう。そうすれば体育館……はむりでも、校庭のすみにポールを持ちこんで練習するぐらいはできるはず。生徒手帳のちっこい文字を読んでみたら、同好会を作るには生徒が五人必要って書いてあった。あと四人だ。

仲間はほしいけれど俺には人に声をかけてさそうなんて絶対《ぜったい》できないし、ポスターは杉センが持って行ったきりだ。となると、またアレか。公園ならまだしも、校庭で一人で球蹴《たまけ》りなんて俺にとっては難易度《なんいど》が高すぎる。でも今回は学校でないと意味がないよな……。

給食が終わり、そうじの時間になった。うちの学校は給食、そうじ、昼休みの順になっている。俺は今月、男子トイレのそうじだ。トイレの前の廊下《ろうか》でほかのトイレそうじのやつらがほうきとぞうきんで野球をしていた。俺は一人、デッキブラシでゆかをみがいた。

チャイムが鳴った。やっと昼休みだ。俺は教室にもどるとシューズケースを持って階段《かいだん》を下りた。心臓《しんぞう》がバクバクしてきた。シューズケースにはセパタクローボールが入っている。没収されるかな？　もし没収されそうになったら……その時考えよう。

靴《くつ》をはき替《か》え校庭に出た。バスケをする人、ゴムボールで野球をする人、サッカーをする人、ただ外に出てしゃべっている人、人、人、人。校庭は人間と人間の声でごった返していた。目がチカチカする。

——むりだ。こんなところでセパタクローボールを蹴る度胸《どきょう》はない。俺はシオシオと教室へもどった。

翌日《よくじつ》の火曜日、俺は作戦を変えることにした。いきなり校庭などというキラキラした場所に行ったのがまちがいだったんだ。もう少し人の少ないところにしよう。

昼休みになると、俺は中庭や農園をうろついて体育館裏《うら》に向かった。壊《こわ》れた長机《ながづくえ》が積み重ねられ、折れたモップが立てかけてある。人は……いない。ここならできる。俺はシューズケースを開けた。黄色と赤が目にしみる。ボールを取り出そうとした瞬間《しゅんかん》、チャイムが鳴った。

水曜日と木曜日は体育館裏《うら》で球蹴《たまけ》りをした。でも、当たり前だけどだれの目にも留《と》まらなかった。ただいい汗《あせ》かいただけだ。

金曜日の朝がきた。今日はどこでやろう。また体育館裏？　いや、でも……。俺《おれ》は学校へ行き、靴《くつ》を入れたあとでふと掲示板《けいじばん》を見た。

「貼《は》ってある」

ノートにシャーペンで書いたポスターにきちんと許可《きょか》番号がふられ学校印が押《お》されていた。杉セン？　それにしてもひどいできだ。はがして作り直そうか。いや、作り直してから貼り替《か》えてもらう方がいいか……。

俺が階段を上《のぼ》り始めた時、掲示板の方から声が聞こえた。

「何これ。ウケる」

「これボール？」

「てか『せぱたくろー』って何？」

「あれじゃない、鬼《おに》ごっこっぽいやつ」

「じゃあこの丸いのはボールじゃなくて人間？」

「何それ、こわすぎ。ぎゃははは」

見なくてもわかる。俺《おれ》が書いたポスターを見て笑っているんだ。はがそう。やっぱりすぐはがそう。あんな紙一枚《まい》でだれかきてくれると思ったのが甘《あま》かった。いい恥《はじ》さらしだ。それと、鬼ごっこは別のスポーツだから。何だっけ、インド発祥《はっしょう》の……、

「──カバディだ」

そう、それ。ってだれ？

「何がおかしいんだよ」

リューの声だった。

「別におかしいなんて言ってないし。見てただけだし」

「ウソつけ」

「……だってこんなのバカじゃん。今さらすぎ」
「バカはそっちだ。人が真剣《しんけん》にやってること笑うなよ」
リューの声がくっきり俺に届《とど》いた。俺は足音を立てないように階段を上《のぼ》った。

そうじの時間になった。ほかのやつらはまた廊下《ろうか》で野球だ。トイレのゆかをみがきながらチャイムが待ち遠しい。今日こそやるぞ。体育館裏《うら》じゃなくて校庭へ行こう。

リュー、ありがとな。俺、笑われてもいいわ。

俺はチャイムと同時に校庭に走って出るとすぐにシューズケースを開け――、
シュッ
ボールを出して高く投げ上げた。青い空に静止する赤と黄色。
タンッ
落ちてきた球を足で受ける。

タシタシタシ――タン！
短くはずませてまた高く蹴《け》り上げる。リフティングはいつまでも続く。だれかが俺《おれ》を指さしている。先生は『苦虫《にがむし》』だし、バレー部の後輩《こうはい》は笑っている。でも、そんなのは全部気のせいだ。俺は学校にいて初めてのびのびした気持ちを味わった。
ボールははずみ続け――――チャイムが鳴った。

土曜日、地割《じわ》れでコートがくずれ落ちる夢《ゆめ》を見て目が覚めた。俺は朝飯《あさめし》もそこそこにアパートに向かって自転車を飛ばした。

アパートは『防音《ぼうおん》』と書かれた灰色《はいいろ》のシートに囲まれているが、コートはまだ無事だった。

俺はふうっと息をつき、自転車を降《お》りた。轟音《ごうおん》の中での練習は何かに追われているようで集中できない。一刻《いっこく》も早く練習場所を見つけなくては。

練習が終わったあとで、俺とタケは二之城川《にのしろがわ》へ向かった。すぐに土手と河原《かわら》が見えてくる。夏には水遊びをする親子がたまにいるし、冬には鳥がきて泳いでいる。小学生のころはザリガニを獲《と》っていたよな。

俺たちは橋の横にある土手の石段《いしだん》に座《すわ》った。座ると同時に、

「かける、聞いてくれよ！」

とタケがくやしそうに話し始めた。

「うちの中学校の体育主任がさ、『あんなゆかが傷《きず》つきそうなボール使わせられるか』って。どうせ部活でうまってるから貸《か》してくれないくせに、イヤそうな顔してさあ……。公民館の体育室も区民体育館もうまってた。全滅《ぜんめつ》」

タケが草をちぎって投げた。公民館や市役所に電話で問い合わせてくれたらしい。

「そっちは？」

とタケ。

「同好会作って校庭借りたいんだけど、五人以上要《い》る」

生徒手帳をよく読んだら顧問《こもん》になってくれる先生も必要と書いてあった。

「そっか。だれか入ってくれそう？」

「……まだ一人も見つかってない」

不本意ながら俺はそう答えた。

「正攻法は厳しいねえ。はああ」

タケががっくり首をうなだれた。今日もモヒカンはツンツンだ。

「あんた……ダンスは？」

俺《おれ》はタケのモヒカンに向かってたずねた。タケの一番やりたいことはそっちのはずだ。ずっと気になっていたけど聞きづらくて今まで聞いていなかった。

「へ？」

タケが顔を上げた。俺の顔をじっと見る。俺は目をそらした。

「おどってるよ、もちろん」

タケの声は明るくて迷《まよ》いがない。

「オレ、姉ちゃんといっしょに小さいころからバレエ習ってたからさ、動きのベースがクラシックバレエバリバリなのよ。バレエも好きだけど『かっこいい！』って言われたいじゃん。だから今はヒップホップとかハウスとかも習ってる。でもさ、なんかこう動きがキレイになりすぎるんだよ、オレ。わかる？」

「……わかんねえ」

俺は首をひねる。いいじゃないか、キレイで。そのおかげでスローがうまいんだから。

「まあとにかく、壁《かべ》にぶつかってたわけ。んでセパタクローやってたらそれがスッとこえられたんだよね。当たり前だけどバレエともヒップホップともちがうじゃん。オレのバネと柔《じゅう》軟性《なんせい》が直接《ちょくせつ》得点につながるっていうのが気持ちいい。しかもかっこいいしさ」

「へー」

「だからさ、急にコートがなくなるってわかってモーレツに腹《はら》が立ってんだよね。せっかく『これだ！』と思ったのに、こんなのリフジンすぎるじゃん。そこらへん蹴《け》とばして回りたいぐらいフンガイしてんの。だから意地でも練習場所を手に入れる。かけるのためでもレンちゃんのためでもない。オレがオレの思いどおりにならないのがイヤなの。かなり本気で。だから変な遠慮《えんりょ》はいらないっていうか、されるとムカつくかも」

そういうもんなのか。タケはバッと立ち上がると石段《いしだん》を下りて河原《かわら》の小石を拾って投げた。

トプン
タケの石はすぐにしずんだ。俺も横に行って石を投げた。

ピッピッ　トプン

トプン

ピッピッピッ　トプン

二人して無言で石を投げ続ける。

しずむな、しずむな、飛びはねろ。場所がほしい。場所がほしいだけなんだ。せっかく軌道《きどう》に乗ってきたのに――――。俺《おれ》は大きな石を力いっぱい投げた。川面《かわも》に小さな水柱《みずばしら》が上がる。俺はドサッと寝《ね》ころんだ。草がひんやりして気持ちいい。

「ここはこんなに広いのにねえ」

タケが俺の横でクルッとターンした。確《たし》かにここは広い。これだけ広ければ……。

「それだ!」

俺は飛び起きた。

「ここでいい!　ていうか、ここがいい」

「はあ?」

タケが首をかしげる。

「コートを作る」

俺は河原《かわら》に向かって両手を広げた。

「そうきたか。河原ってそんなんしていいの？」

「ボールは使う時だけ持ってくる」

「あ、でもサークルは？」

「なくていい」

なにも公式戦ができるコートを作る必要はない。サークルの位置と大きさなんて頭に入っている。

「すげえ！　コートから作っちゃう系《けい》！」

タケが「ッフー！」って高い声を出した。

「オレ、燃《も》えてきた。明日、軍手持ってくるわ」

「俺も」

「いよっしゃあ」

「うおらあああ」

二人で川に向かって吼《ほ》えた。

「かける、レンちゃんに伝えてよ」

「おう」

もちろんそのつもりだ。俺《おれ》は足取りも軽く、レンのアパートへと引き返した。


ゴゴゴゴゴ、ガン！

ガガガガガッガン！

ショベルカーの音が響《ひび》き渡《わた》る。俺はレンのアパートのドアをたたいた。学校では笑われ、仲間も足らない。大切なコートはもうすぐ取《と》り壊《こわ》しだ。それでも――。

「はーい」

レンが顔を出す。

「続けるぞ」

「うん？」

「セパタクロー」

「うん……」

レンの顔が曇《くも》る。俺は急いで言った。

「練習場所――」

「見つかったのか？」

レンの顔が、ぱっと明るくなった。

「今から見に行くか？」

俺が聞くと、

「行く行く！」

レンはすぐに靴《くつ》をはいた。

「今日はいい日だ。父さんもやっと帰ってくるし」

息をはずませながらアパートの階段《かいだん》をかけ下りる。

「やっと？」

俺が後ろから聞き返すとレンは、

「父さん、今日まで仕事でタイ。日本人向けのゲストハウスしてるんだ。セパタクローもやってるよ。今はもうぼくの方がうまいけど」

と答えながら歩道に出た。

「どっち？」

「そっち」

俺《おれ》が河原《かわら》へ向かう道を指さした瞬間《しゅんかん》、レンはかけだした。

「――止まれ、止まれ。ついたぞ」

ザアッ
河原一面に生《お》い茂《しげ》った夏草が風になびく。

「え？　川だよ、ここ」

「草抜《ぬ》いてコート作る」

「作る？」

レンがポカンとした。それから、だんだん合点《がてん》がいったらしく、

「そっか。作ればいいのか。作れるのか。あはっ」

最後には笑いだして、石段《いしだん》の上からジャンプして草地に下りた。

背の高い草をふみつけながら走り回っている。

「作る作る！」


次の日、俺たちは軍手を持って河原に集合した。この草ぼうぼうの荒《あ》れ地をコートにするためだ。だが――、

「固いいいいいっ」

レンはさっきからずっと草を引っぱっているがびくともしない。俺とタケも似《に》たようなものだ。抜こうにも根がしっかり張《は》っていて、なかなか抜けない。葉だけ二、三枚ちぎれる。

雑草魂《ざっそうだましい》、おそるべしだ。すぐに頭から汗が噴《ふ》き出てきた。

「ゴキ！　ゴキがいる！」

突然《とつぜん》タケが跳《と》び上がった。タケの足元に背中《せなか》の茶色いバッタがいる。

「ちげえよ。イナゴだろうが」

イナゴが触角《しょっかく》を動かしながらピョンとタケのひざに乗った。

「うわーっ、うわーっ！　あっち行けっ、うわっ」

タケがさわいでいる横で、

「ぜんぜん抜《ぬ》けないよお」

レンがペタンと座《すわ》りこんだ。……終わんのかよ、これ。

「クワを使えばいいじゃん、クワ！」

タケが大声を張《は》り上げた。虫と暑さと大変さでおかしなテンションになっている。

「学校で見たことあるよ！　一年生の先生が畑耕《たがや》してた。サツマイモ植えるんだって」

とレン。あー、言われてみれば学校にはあるな。

「オレもオレも！　学校の倉庫で見たことある。学校の用務員さんにたのんだらいいじゃん。かける、よろしくね」

気安く言うな。タケは二之城《にのしろ》中の名物用務員、谷口《たにぐち》さんを知らないからそんなことが言えるんだよ。このクソ暑いのに背筋《せすじ》が冷えたわ。絶対《ぜったい》むり。

「学校、今日休み」

行かない口実《こうじつ》が見つかってホッとしたのに、

「なら明日」

タケが食い下がる。

「明日も海の日で休み」

「明後日《あさって》」

「タケがたのめよ」

「オレの学校、ここから遠いからさあ。二之城中なら近いじゃん」

「むり。緊張《きんちょう》で吐《は》く」

「何それ？　クワ借りるのがそんなに大変なの？」

タケが素《す》でおどろいている。こいつ、コミュ力《りょく》高いもんな。慣《な》れない相手に自分から話しかけるのは、口から卵《たまご》を産むぐらい難《むずか》しい（産んだことないけど）。何て言うか考えようとしても頭が真っ白になるし、言うことを決めて話し始めようとしても自分の声が空気を震《ふる》わせる瞬間《しゅんかん》がこわくて声が出ない。ましてやあの谷口《たにぐち》さんに話しかけるなんて――。

「死ぬほど大変」

「ふうん。でもがんばって。ほかにたのみに行ける人いないじゃん」

タケがニカッと笑った。……人の話聞けよ。


次の日は三人で大きな石やごみを拾った。そして連休明けの火曜日の放課後《ほうかご》、俺《おれ》は用務員室に向かった。用務員室は校内農園の横にある農具倉庫とくっついた小さなプレハブだ。ドアが五センチばかり開いている。

「失礼します」

俺はドアを開けた。

「何年何組！　名前！」

怒鳴《どな》り声が吹《ふ》っ飛んできた。用務員室中の空気がびりびりと震《ふる》え、壁《かべ》にかけてある工具類がカタカタッと一瞬《いっしゅん》ゆれた。気のせいじゃない。

大きな作業台の上にはハンドドリル、はんだごて、ドライバーセット、ブラシ、分解《ぶんかい》された黒板消しクリーナー……。いすにはギョロッとした目のおじさんが座《すわ》っている。作業服に『谷口』の刺繍《ししゅう》。

「三年C組の藤倉翔《ふじくらかける》です」

「声が小さい！　聞こえん！」

ダメだ。俺はペコリと頭を下げ、無言《むごん》で用務員室を出た。農具倉庫を見ると、外にクワがならべてかけてある。これが借りたいだけなのに。俺はクワに手をのばした。

「だまって出て行くやつがあるか！」

バーン！　とドアが開いて怒声《どせい》が響《ひび》いた。俺は全身がビクッとなってその場で跳《と》び上がった。真横に谷口さんが立っている。スキンヘッドから湯気《ゆげ》が上がり、目も血走っている。こわいこわいこわい。まずい、完全に怒《おこ》らせた。

「すみません」

「何の用じゃ！」

「あのっ、クワを貸《か》してください」

「何に使うんじゃ！」

「河原《かわら》の草抜《くさぬ》きですっ」

「どこの河原か！」

「二之城川《にのしろがわ》です」

「はあ？　二之城川の河原いうたら草ばっかりじゃろうが」

「はい」

「あれを抜く言うんか？　少々じゃないで」

「……はい」

「わからん。なしてそがぁなことをするんか？」

「……練習場所です」

「何の？」

「セパタクローです」

「セパ……何？」

「セパタクロー。足でやるバレーみたいな球技《きゅうぎ》です」

「ほうか。最初からそう言やあええのに。どら、わしも行こう。河原の草がひどいけえ、ちいと刈《か》らんといけん思うとったんよ。ちょうどええわ。クワはそこにかかっとるけえ、要《い》るほど持って行け」

谷口さんは用務員室にもどるとゴーグルを首にかけ、刈《か》りばらい機《き》と安全靴《あんぜんぐつ》を持って出てきた。俺《おれ》の方を見向きもせずに、ずんずん歩いて行く。俺はクワを三本かついでついて行った。


「よう！　クワ借りれたじゃん」

河原の近くまでくると、タケの声がした。

「ぼくクワ持ちたい持ちたい！」

レンが俺の横にきてピョンピョン飛びはねる。谷口さんは俺たちから少し離《はな》れたところに行き、刈りばらい機で草を刈り始めた。次々と背《せ》の高い草がなぎたおされていく。草のにおいが鼻をつく。すげえ。刈りばらい機最強。

「おい！　藤倉《ふじくら》！」

「ハイ！」

俺《おれ》は走って行った。

「あとはおまえがやれ」

谷口《たにぐち》さんがゴーグルを外す。

「ええか？　うでで動かそう思うたらつまらん。遠心力《えんしんりょく》とスウィングじゃけえの。腰《こし》を使え」

谷口さんはゴーグルを俺の首にかけ、刈《か》りばらい機《き》の肩《かた》ひもを外した。刈りばらい機の先にはのこぎりの円盤《えんばん》ではなくオレンジ色のプラスチックのチューブがついていた。こんなものであんなに草が刈れるのか。

「プラスチックじゃ思うて油断《ゆだん》すなよ。ゴーグルも外したらいけん。草が飛んで入って目を傷《いた》めるけえの。まちごうてもケガせんようにの。大問題になるけえのう」

谷口さんは座《すわ》りこんで安全靴《あんぜんぐつ》を脱《ぬ》ぎ始めた。……この人本気だ。よっしゃ。それなら遠慮《えんりょ》なくやらせてもらおう。刈りたい場所が好きなように刈れる。それに、農具とはいえ小型のエンジンが載《の》ったマシンだ。意外とかっこよくてテンションが上がる。

「スターターはそのひもじゃけえ。引っぱりゃあすぐかかる。馬力があるけえ足ふんばれよ」

俺は谷口さんの安全靴にエイヤと足をつっこみ、ゴーグルをはめて刈りばらい機を肩にかけた。重《おも》っ！　長《なが》っ！　これは取り回しにコツが要《い》りそうだ。おもしれえ。勝手に口元がゆるむ。

ブルン！

ひもを引くとエンジンが小気味《こきみ》よい音を立てて始動した。

橋の向こうに天をつく勢《いきお》いで入道雲がわき上がっていく。手をのばせば届きそうだ。

——もうすぐ夏休みがくる。

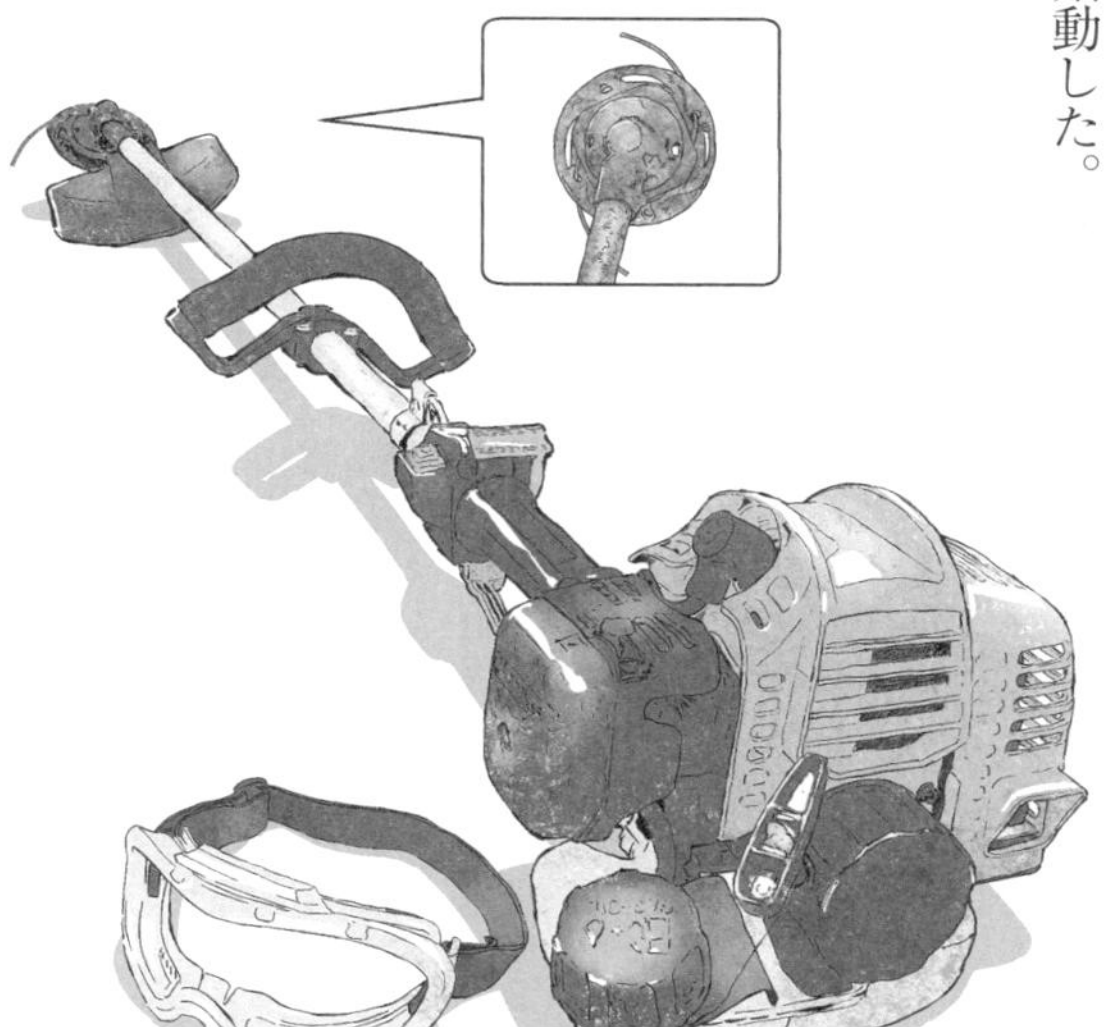

第十三章　山

その週の土曜日には片方《かたほう》のアパートは跡形《あとかた》もなくなっていた。ショベルカーが一台、整地作業をしている。コートは——まだある。でも来週はいよいよコートのコンクリートをはがすらしい。ここで練習できるのも今日と明日で最後だ。一人で練習していたらレンとタケがきた。

「アタック教えてくれ」

俺《おれ》はレンにたのんだ。コートがあるうちにアタックの練習もしてみたい。

「サーバーはネット際《ぎわ》で跳《と》んじゃいけないってルールはないよな？」

俺は念のためレンに聞いた。

「ない！　ポジションよりも、その時ベストな攻撃《こうげき》をする方が大事。それともぬるい球返したいか？」

「んなわけねえ」

「よし。じゃあまず足の裏《うら》で蹴《け》るアタック。タッピングって技《わざ》」

レンは軽くジャンプして足の裏でボールを蹴った。相手コートにまっすぐ刺《さ》さる。バレーボールのアタックの足版って感じだ。

「かける、オレにも上げて」

タケの球はサイドラインすれすれ。

「ナイスコース！」

レンがパチパチパチと手をたたいた。体がやわらかいとホント有利《ゆうり》だな。正直うらやましい。

「はい、次かける」

トスが上がったが――、

「うおっ？」

足が上がらないっ。ボールはポトリと落ちた。横方向の可動域《かどういき》は広がったけれど、前後はまだかたい。

「ストレッチだね」

レンが俺《おれ》の肩《かた》をポンとたたいた。

練習のあとは河原《かわら》へ行って草抜《くさぬ》きだ。石段《いしだん》の下からコート予定地にかけての一帯《いったい》は刈《か》りばらい機《き》で刈ったから見た目はさっぱりしている。でも、草の根を掘《ほ》り起《お》こす作業はまだまだ終わりそうにない。この三日間で、やっとコート全体の四分の一ってところだ。根のはびこり方に雑草《ざっそう》の執念《しゅうねん》を感じる。夏の日ざしが容赦《ようしゃ》なく照りつける。むき出しのうでは汗《あせ》だくになり、あごからもポタポタと汗が落ちた。

三人でしばらくクワをふるっていたら、

「山ちゃんじゃないか?」

レンが土手の上の道を指さした。

「ほら、かけるの友だち」

見覚えのあるシルエット。

「そんな友だちいねえ」

俺は足元の草に視線《しせん》をもどす。かわいいニックネームをつけるなよ。激《はげ》しく似合《にあ》わねえから。

「山ちゃんっす」

山本《やまもと》が河原に下りてきやがった。

「やっぱり山ちゃんだ！」

レンがニコニコ笑う。俺は目を合わせないように草の根に向かってクワをふるい続ける。

山本は俺のそばにくると突然《とつぜん》地面に正座《せいざ》した。はあ？

「自分もセパタクローがしたいっす。仲間にしてください」

山本が頭を下げる。

「球技《きゅうぎ》はきらいなんじゃねえのかよ？」

俺は手を止めて聞いた。山本が顔を上げる。

「そうなんすけど、かけるが校庭でやってたの見ておもしろそうだなーって思ったんすよ。動画も見た。かっこいいっすよね。セパタクローって球技だけど――」

「空中の格闘技《かくとうぎ》」

山本《やまもと》と声が重なる。

なんだ、こいつ。わかってるじゃねえか。俺《おれ》はなぜか笑いだしそうになった。

「そう！　それっす」

山本が勢《いきお》いよく立ち上がる。

「やった！　仲間が増えたじゃん。あ、オレ、タケです。よろしく」

タケがひょいと右手を上げると、山本がガッと頭を下げた。

「山ちゃん、部活は？」

とタケ。

「柔道部《じゅうどうぶ》だったけどやめたっす」

「へえ。どうして？」

タケが重ねてたずねる。

「先輩《せんぱい》がしつこくからんでくるから背負《せお》い投げしたら、いづらくなったっす」

山本が答えた瞬間《しゅんかん》、

「山ちゃんはアタッカーだ！」

レンが山本の鼻先をビシイッと指さした。

「はい？」

山本がポカンとしている。

「アタッカーになれ！　アタッカーは、こわいもの知らずで目立つの好きで失敗してもぜんぜん気にしない人が向いてる」

「かっけえっすね、それ！　燃《も》えてきたっす」

「そうそう。そういうとこアタッカー向き！」

レンがうで組みをして「うんうん」とうなずいている。

要するに心臓《しんぞう》に毛の生えた悪童《あくどう》ってことか？　だったら適任《てきにん》だな。と思ったが口には出さないでおいた。山本はレンからクワを受け取って草の根を掘《ほ》り返し始めた。

町に六時を告げる音楽が流れ、レンは家に帰った。しばらく二人で作業を続けていたら、帰ったはずのレンがもどってきた。土手の上から、

「みんなにプレゼント！」

大声を出し、何かを投げた。降《ふ》ってきたのはセパタクローボールだった。よく見ると長いひもがつけてある。

「吊《つ》るして毎日練習」

「ありがと、レンちゃん。でもボールって高いんじゃや――――」

タケが聞いたが、

「家にいっぱいある。壊《こわ》れたら修理《しゅうり》もできるよ。じゃあね」

レンの姿《すがた》はすぐに見えなくなった。

第十四章　脚

草刈《か》りを始めてから二週間。もうすっかり梅雨《つゆ》は明け、夏休みに突入《とつにゅう》している。

「一、二、三、四……」

レンが歩数を数えながら大またで歩き、トンと止まった。

「ここまで！」

山本《やまもと》がレンの歩いたところにポンポンとカラフルな円盤《えんばん》をならべていく。スポーツの練習で目印に使うマーカーコーン。家の物入れから持ってきたやつだ。ならべ終わると、

「ポール取りに行こうよ！」

レンはもう道に上がって歩きだしていた。

ポールは、山本が一本、俺《おれ》とタケが二人で一本持った。毎回この移動をすることになるけど、まあしょうがない。この程度《ていど》の手間で練習ができるなら安いものだ。

ポールを置いてネットを張《は》ると、四人で石段《いしだん》の上に上がった。

草、草、草の緑の中に赤やオレンジの点に縁《ふち》どられた土の長方形。想像《そうぞう》していたよりもずっとコートらしいコートになった。

ついに、ついに——。


「できたあああっ！」


勝手にさけんだはずなのに四人の声がそろった。

「やったああああ」

「いえええい」

タケと山本が石段を下りてコートに入り、ハイタッチをして走りだす。

「いやっほう」

レンもそこに加わり、何やら歌いながら飛びはねている。

「ははっ、すげえな、俺《おれ》たち」

長かった。アパートのコートが取《と》り壊《こわ》されるってわかった時は頭が真っ白になった。草を抜《ぬ》き始めた日には完成なんてむりだと思った。

でも、できた。

『てんでなってない――』

レンと会った日が大昔みたいだ。ボールペンでノートを塗《ぬ》りつぶしていたころの自分に教えてやりたい。

ここが、俺《おれ》の居場所《いばしょ》だって――。

俺は石段《いしだん》を下り、体をかがめて指先でコートにふれた。砂粒《すなつぶ》が指の腹《はら》をじゃりっとくすぐる。

「練習始めようよ！」

レンがリュックからボールを取り出した。

俺はストレッチをしてからリフティングを始めた。山本《やまもと》も俺の横でボールを蹴《け》り始める。利《き》き足、左だな。ひざ下が水平に上がらないから、インサイドで蹴ったボールは真横に跳《は》ねていく。わかる。俺も最初ああだった。ボールを拾ってきてまた投げる。蹴る。遠くへ跳ねる。拾う。投げる、蹴る、拾う。歩く。ん？　山本がこっちにきた。

「そのボールと替《か》えてほしいっす」

俺のボールを指さす。

「どれでも同じだろ」

「同じじゃないっす。このボールがゆがんでるんすよ」

「……別にいいけど」

俺がボールを投げると、

「あざっす」

山本はまた練習を始めた。

投げる、蹴る、拾う、投げる、蹴る、拾う……あ、またこっちにきた。

「やっぱりそっちのがいいっす」

「ボールのせいじゃねえって。あんた、体かたいだろ」

「かたくないっすよ」

「だったら開脚《かいきゃく》やってみろ」

「いいっすよ」

山本《やまもと》はその場に座《すわ》ると足をのばした。

「ほら！」

山本は得意げだが、

「六〇度だね」

タケがのぞきこんでシビアな判定《はんてい》を下《くだ》した。

「あれ？　おかしいっす」

「柔道《じゅうどう》でもさ、柔軟《じゅうなん》って大事なんじゃないの？」

タケが山本の頭上から話しかける。

「はあ、よく言われてたっす、『体かたい』って」

「言われてんじゃねえか」

「レンちゃんってどのぐらいいくの？」

タケが聞くと、

「見てて！」

レンはバッと体を折り曲げ、地面に両手をついて座った。

「うわ、一八〇度じゃないっすか！」

足が一直線になっている。どんな骨格《こっかく》をしているんだ？

「どうだ、山ちゃん！」

「すごいっす」

レンが「へへーん」と笑って上体を前にたおした。体とうでがぺたっと地面につく。

「ええ、そこまで？」

山本が目を丸くしている。

「むりっすよ。骨格がちがうんすよ。自分、男だし――」

「オレもいけるよ」

タケも地面に座《すわ》ると足を開いた。きれいな一八〇度開脚《かいきゃく》。さすがダンサー。

「かけるもできるんすか？」

山本《やまもと》がくわっと眉《まゆ》を上げた。

「俺《おれ》もかたいんだよ、もともと」

言《い》い訳《わけ》しながら地面に座る。

「お、一六〇度」

と、タケの判定。

「自分と変わらないっすよ」

「ぜんぜんちげえよ！」

「ストレッチはしてるか？」

とレン。

「ばあちゃんに言われてお酢《す》飲んだけど、胃が痛《いた》くなってやめたっす」

あんな飲みづらいものを？　ばあちゃん思いのいい孫だな。ってそこじゃなくて――、

「ストレッチをやれ、ス・ト・レッ・チを」

俺は力いっぱい両手で山本の背中《せなか》を押《お》した。

「あだだだだだ」

声の割《わり》に山本の背中はほとんど動いていない。

「うわあ、ホントだ。ぜんぜん曲がってないよ」

レンが本気でおどろいている。

「痛いっすよ！　むりにやったら筋《すじ》を痛めるっすよ」

山本の抗議《こうぎ》を無視《むし》して俺はもう一度背中を押した。

「あだだだだだだ」

「やるなら風呂《ふろ》上がりがいいよ」

とレンがアドバイスし、

「山チャンガンバレー」

タケが棒読《ぼうよ》みで応援《おうえん》した。

第十五章　攻

「スポーツフェス？」

コートができた次の日、俺《おれ》とタケとレンと山本《やまもと》は土手の石段《いしだん》に座《すわ》り、額《ひたい》を寄《よ》せ集めていた。

その下には山本が持ってきた一枚《まい》の紙がある。

『第一回スポーツフェスティバル』

フルカラー印刷《いんさつ》されたそのチラシは、県が主催《しゅさい》する新しいスポーツイベントの案内だ。ボルダリングやパラスポーツの体験コーナーと、フットサルやストリートボール（一対一とか三対三でやるバスケットボールだ）、そして、セパタクローの大会があると書いてあった。

「オレらでも出られるの？」

タケが聞くと、

「出場資格《しかく》は小学生以上。男女混成《こんせい》チームでもいいっす。講習会《こうしゅうかい》もあるんすよ」

と山本。読みこんでるな。

「九月の第二日曜だってさ。日曜なら行けるじゃん」

とタケ。

「出る出る！」

レンがひざをバシバシたたいた。

「やっぱやるからには試合がしたいじゃないっすか。相手がいないとつまんないっすよ。ガーッと攻《せ》めてガツンと勝ちたいっす」

山本がぐっとこぶしを固めた。

「だな」

俺は顔には出さずにほくそえんだ。山本は勝負好きで負けずぎらいだ。常《つね》に闘志《とうし》がありあまっていて、いっそすがすがしい。今も、大会を見つけて血がさわいでしょうがないらしい。

「ポジション決めよう」

俺は三人の顔を見た。ポジションについて一回きっちり話し合っておきたいと思っていた。

大会に出るならなおのことだ。

「レンちゃん、ポジションって何があるんだったっけ？」

タケが聞くと、

「アタッカーとサーバーとトサーだよ」

レンが答えた。

「サーバー」

俺《おれ》はすぐに右手を上げた。

「自分アタッカーっす」

山本がさっと左手を上げる。

「え、え？　じゃオレがトサー？」

タケがちょこっと右手を上げた。

「タケちゃんがサーバーでもいいんだよ」

レンが爆弾《ばくだん》を落とした。

「マジで？」

タケが明るく聞き返す。

「えええええっ」

今さらそれはないだろ。俺サーバーやりたいんだけど。どうやって説得《せっとく》しようかと考えていたら、

「まあ、かけるはレシーブ力《りょく》あるからいいか……」

と仕方なさそうにレンが言った。

「でも大丈夫《だいじょうぶ》か？　サーバーは先陣《せんじん》切って相手をくずすのが仕事だよ。背高《せたか》い、度胸《どきょう》ある、ピンチでも落ちついてる人がいい。かける、一個も当てはまんない」

「な」

背は今からのびるっての。サーバーはレシーブの要《かなめ》だからそれを認《みと》められてるのはいいとして、肝心《かんじん》のサーブが信用されてねえのは心外《しんがい》だ。やればやるほどうまくなってる実感があるのに。

「サーブは自分のペースでうつんだから問題ない。そうそうミスんねえよ」

「甘《あま》い甘い。試合って緊張《きんちょう》する。プレッシャーかけられるし、ギリギリねらうからミスもするよ。サーブがブロックされることだって――」

「アタッカーってサーブレシーブもするんすか?」

山本《やまもと》が身を乗り出してきた。おい、話の途中《とちゅう》だろうが。

「するよ。山ちゃんはレシーブ特訓《とっくん》ね」

とレン。

「トサーって何すんの?」

タケが不安げにたずねる。

「アタッカーにトス上げる。『自分を殺して人を活かす』ポジション。アタッカーとコミュニケーションとれて、レシーブが乱《みだ》れてもトス上げられるぐらいうまい人。目立たないけど、一番難《むずか》しいんだ。いいトスができてアタック決まったら最高に気分いいよ」

へえ。トサーはトサーでおもしろいんだろうな。俺《おれ》はサーバーがいいけど。

「一番難しくてコミュ力《りょく》とうまさが必要って……。やりがいしかないじゃんか。やってやるよ」

タケが両手で自分のひざをバンとたたいた。

「おー」

俺とレンと山本は、パチパチとささやかな拍手《はくしゅ》を送った。

「レンちゃんはどうすんの？」

「ぼくどこでも入るよ。選手兼監督《けんかんとく》！」

タケの質問にレンが胸《むね》を張《は》って答えた。

「自分、アタック練習したいっす」

山本が立ち上がった。俺もそれに続く。

「まだタッピングしか習ってない。シザースとローリングやりたい」

セパタクローの攻撃《こうげき》といえば、やっぱりシザースアタックとローリングアタックだろ。

「うん。やってみよう」

レンはコートに入った。

「まずシザースね」

「シザースって何すか？」

「ハサミのこと。足の動きがハサミみたいなんだよ。見てて」

レンはネット際《ぎわ》で足をふり上げて跳《と》び、空中で足を入《い》れ替《か》えてボールを蹴《け》った。

スパン
球が相手コートにするどく刺《さ》さる。

「かっけえ！」

山本《やまもと》が目をキラキラさせている。

「ガッときてダダーンだよ」

とレン。説明そんだけ？

「わかったっす！」

通じたのかよ。さっそく山本がレンのトスをうった。一球目はネットにかかった。二球目は空《から》ぶり。でも、何度かやっているうちにボールがネットをこえ始めた。自転車に乗り始めた子どもみたいにどんどん上達する。山本、何気《なにげ》にすごいな。

俺《おれ》もやってみたけれどサーブとちがいすぎて（要は足の回し方が逆《ぎゃく》だ）蹴《け》りづらかった。

「次はローリングね」

レンはネットを背《せ》にしてジャンプし、ズバンとボールを蹴った。そのまま縦《たて》にグルンと一回転して着地。何回見てもすげえな。

「オレこれできるかも。レンちゃん、トス上げて」

タケが跳《と》んだ。あざやかな回転！

「おおっ」

レンと山本から歓声《かんせい》が上がり、タケがシュタッと着地した。テンテンとその横にボールがころがる。回転は完璧《かんぺき》だったが足はボールにかすりもしなかった。

「あらー」

タケはそのあとも空ぶり続きだったが、しばらく練習していたらボールに足が当たるようになった。

「いいねえ。トサーがローリングできると攻撃《こうげき》の幅《はば》が広がるよ！　次、かける」

ローリングはサッカーのオーバーヘッドキックと同じだ。シザースよりは向いてるんじゃねえか。バレー部でもやらかしたぐらいだし。

俺は地面を蹴って跳んだ。

バシ！

よし！　ミートした——まではよかったが、

「ガホッ」

着地で思いっきり背中《せなか》を打った。

「いいいいっっってえええええ」

「かける、大げさ」

レンが冷たく言い放つ。

「大げさっ、じゃねえっ……息、がっ……カハッ、コホッ」

俺《おれ》はコートにうずくまって息を整えた。ぜー、ぜー。着地ができないと使えないぞ、これ。

試合中アタックうつたびに背中打って身もだえてたら、その間に負ける。

「次、山ちゃん！」

「むりっす！　自分逆上《さかあ》がりもできないんすから」

山本《やまもと》がいばった。

「じゃあシザースやろう」

「おっす」

山本がジャンプしてボールを蹴った。さっきよりさらに高く跳《と》んでいる。

「おー」

レンとタケがどよめいた。でも——、

「ゴフッ。いっ痛《いた》いいいいい」

背中を押《お》さえながら転がり回っている。打点が高くなった分、ダメージがでかいんだな。

わかる。今だけ山本にめっちゃ共感する。コートは土だ。石拾いしたけどまだ刺《さ》さる。

「受け身とればいいじゃん。柔道《じゅうどう》やってたんだったらさ」

とタケ。

「あ、そうっすね。もう一回お願いシャス」

山本がもう一度ジャンプし、アタックをうった。大きく反《そ》らした背中は地面とほぼ平行だ。

このままだとまた背中を打つぞ。——だが着地の瞬間《しゅんかん》、山本の体はクルンと回転した。

「お、いいっすね」

もう起き上がっている。あれが元柔道部の受け身か。すげえ。アタック自体も芯《しん》にミート
すれば、本人の重量も効《き》いてパワフルで重い球になる。

『アタックがガンガンうてて、ブロックもバシバシできるアタッカーがいたら――』
レンの言葉を思い出した。こいつ、そういうアタッカーになれるんじゃねえの。

第十六章　告

川面《かわも》に日ざしがぎらついている。朝っぱらからクソ暑い。でも夏休みって最高だな。一日中セパタクローができる。昨日はアタックを習ったから今日は試合形式で練習がしてみたい。でも人数が足らないよなあ……。

一人でリフティングをしていたらレンがきた。

「レグを組んで試合――」

俺《おれ》が言い終わるより早く、

「三対一でやろ」

とレン。その手があったか。ちょうどタケと山本《やまもと》もきた。

「三人でそっちに入って」

レンがコートを指さす。俺と山本とタケが三人で同じ面に入った。レンは反対側に入ると、

「タケちゃん、ボールいくよー」

とボールを転がした。

「投げていいのに」

タケが転がってきたボールを受け取りながらつぶやくと、

「ダメダメ」

とレンがきっぱり言った。

「試合中相手チームにボール渡《わた》す時、ネットの上から投げちゃダメなの。蹴《け》ってもダメ。ネットの下から手で転がす。わかったか?」

「リョーカイ」

タケが返事をすると、レンがキッとこっちを向いて、

「かけると山ちゃんも返事!」

とすごい剣幕《けんまく》でにらんだ。なぜ怒《おこ》る?

「これ、すっごく大事な礼儀《れいぎ》なの。これができないと相手チームに失礼だし、いくら強くてもかっこ悪い。ゼッタイ守ってね」

「はい！」

「おっす！」

俺《おれ》と山本《やまもと》は背筋《せすじ》をのばして返事をした。レンは、

「わかればヨロシイ。じゃあサーブから。かけるチームサーブ。0－0《ラブオール》」

と、うでを組んだ。だがその直後、

「反則《フォルト》」

と声を上げた。

「山ちゃん、立つ場所」

「うわあ、忘《わす》れてたっす」

ネット際《ぎわ》の真ん中に立っていた山本が、あわててポールのそばのクォーターサークルに移《い》動《どう》した。

俺はタケに向かって右手を上げ、ほしいボールの高さを伝える。タケがうなずいたので右手は下げて左手を上げた。手のひらを下にして軽く腹《はら》のあたりまで持ち上げる。サーブをうつ前の『構《かま》え』だ。

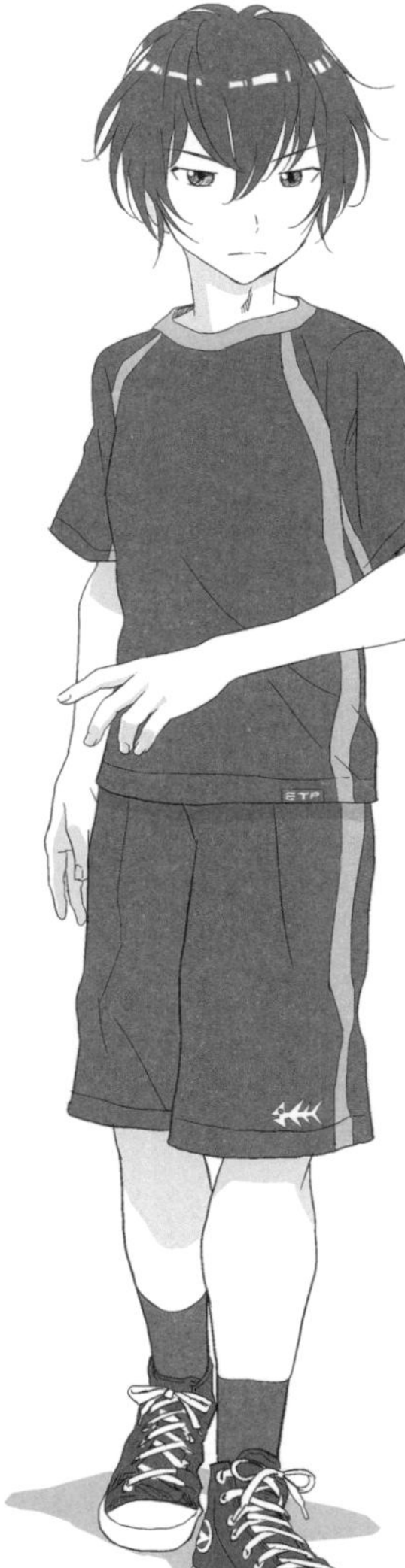

実際《じっさい》にサーブをやるようになる前はセパタクローの動画を見て『サーバーってなんでビミョーな位置に手を上げるんだろう』って疑問《ぎもん》だったけど、今はわかる。やってみると実際、手を上げた方が蹴《け》りやすいのだ。距離感《きょりかん》がつかめるし、気持ちがサーブをうつモードに切《き》り替《か》わって集中できる。オーケストラの指揮者《しきしゃ》がタクトをふり始める直前に似ている。その姿《すがた》も、緊《きん》張感《ちょうかん》も。

タケがボールを投げた。

スパン

入った！　レンが拾ってポーンと蹴り返してきた。俺《おれ》がとってタケがトス。

「山ちゃんラスト」

「おっす」

山本《やまもと》が跳《と》んだ。シザース！

やるな。と思ったら、ネットにかかった。

「見た？　今の。すっげえ！　試合っぽい」

ネットにかかったのにはしゃいでいる。これがアタッカーの資質《ししつ》か。

「よし！　次、次！　もう一本！」

山本が元気いっぱいに声を張《は》った。

「山ちゃん、いいねえ。声出すの大事！　ミスした時に声出せるのっていいよ。サーブもっかい。1－0《ワンーラブ》」

俺のサーブをレンがタッピングで返してきた。タケが拾って山本のシザース。今度こそ相手コートに入った。

「うおっしゃあああ」

「山本《やまもと》、喜んでる場合か」

山本のシザースはさくっとレンに拾われ、すぐに返ってきた。タケがトスを上げ、もう一度山本。ライン間際《まぎわ》。いいぞ！

レンは追いつけず、球が地面に落ちた。

「やったあ！　初得点っすよ！」

山本がレンの方を向いて両手をつき上げガッツポーズをした。

「やったね山ちゃん。でも、それはやりすぎ」

レンが山本のこぶしを指さす。

「そうなんすか？」

山本が上げたうでをぎこちなく下ろした。

「ガッツポーズってそんなにまずいのか？」

俺はふしぎに思ってレンに聞いた。ポイント取ったらガッツポーズぐらいするだろ。

「してもいいんだけど、相手に向かってやったらダメ」

「ビミョーな差だな」

どっち向いてもいいじゃねえか。

「ビミョーじゃない。自分たちが喜んでるのと、相手にドヤるのは大ちがいだよ。相手を指さしたりネットをゆすったりとかも絶対《ぜったい》なし！　相手がいないと試合できないんだからね。思いやり大事。これ、セパタクローの心！」

レンが胸《むね》の真ん中をグーでトンとたたいた。

「あー、そういえば柔道部《じゅうどうぶ》の先生に『ガッツポーズはするな』って言われたっす。少年野球でも『肩《かた》より下』って……。でもやるやつ多かったっすよ」

と山本。

「だよね。ついやっちゃうこともあるんじゃないの？　気にしすぎたらプレーしづらくなりそうじゃん」

とタケもうなずいた。

「あのね、『心は熱く、頭はクールに』だよ。喜び爆発《ばくはつ》中でも礼儀《れいぎ》を忘れない人の方が強くなれるに決まってる」

レンの言葉に俺《おれ》たちはぐうの音《ね》も出なかった。

「次いくよ。1－1《ワンオール》」

「ただいまあ」

俺は玄関《げんかん》からリビングへ通じるドアに手をかけたまま立ち止まった。あれ。俺、今なんて言った？　とっさに周りを確《たし》かめる。だれも聞いていない。よかった。

俺はドアに耳を当てて向こう側の気配に集中する。風呂場《ふろば》からシャワーの音。翼《つばさ》だな。あいつの風呂とクソはむだに長い。いっつも学校に行く前に待たされるんだよ。シャワーの水音以外はテレビの音も食器の音も足音もしない。よし。俺は音を立てないようにそうっとドアを開けた。冷蔵庫《れいぞうこ》にしょうが焼きとサラダ発見。ありがたや。あとで食おう。

「ふんふふーん、ふんんふふーん」

日付が変わるころ、俺は台所へ行き鍋《なべ》を火にかけ、冷蔵庫から皿を出してどんぶりに飯《めし》をよそった。温まりかけのみそ汁を飯の上にダバダバとかける。見た目はあれだが俺的には超《ちょう》うまそうだ。片手《かたて》にどんぶり、片手にしょうが焼きとサラダの皿を持って部屋に入った。あ、箸《はし》忘れた。まあいいや。そんな時のために俺は机《つくえ》の中に割《わ》り箸《ばし》を入れている。リビングに出入りしてだれかに会いたくない。パチンと割り箸を割った。

今日は初めて試合っぽい練習をした。山本《やまもと》のやつ最初はどうなるかと思ったけど、努力家だよな。ガッツがあるし体力もある。タケはのみこみがすげえ早い。あれってやっぱダンスのおかげか。俺、いい仲間に恵《めぐ》まれたなあ。がんばってさがしてよかった。っていうか二人とも自分からきてくれたんだけど。連携《れんけい》はもっとみがける。……楽しい。思い出すと、顔がにやけてくる。

一人で思い出し笑いをしていたら、翼の部屋との境《さかい》にあるふすまに貼《は》りつけたガムテープがビリビリと音を立て始めた。何だ？　と思った時にはガムテープが破《やぶ》れ、ガコガコとふすまが開いた。

「入るぞ」

俺の部屋のカラーボックスとごみ箱をよけて翼が入ってきた。そこから出入りしないって不文律《ふぶんりつ》はどこにいったんだ。それに今は真夜中だぞ。飯食いながらいえた義理《ぎり》じゃねえけど。

「よう、今から飯《めし》か？」

「何だよ」

「食いながらでいいから聞いてくれ」

やけにニコニコ笑っている。姿勢《しせい》が不自然だと思ったら、右手を背中《せなか》に回している。なんだろう。俺《おれ》は本能的に身構《みがま》えた。翼《つばさ》は俺の部屋を見回し、また俺を見た。食いづらいな。用がないならさっさと出て行けよ。

「かける、セパタクロー始めたんだろ？」

「なんで知ってんの？」

「河原《かわら》で見た」

うわ、ストーカーかよ。翼はスイッと背中に回していた右手を出した。

黄色と茶色のプラスチック。――男子の公式球だ。

「俺もやってるんだよ、セパタクロー」

え？

第十七章　兄

こいつ、今何て言った？　『俺もやってる』？　ウソだろ。

「一年ぐらい前なんだけど、バラエティ番組でセパタクローやってたんだ。おまえは見てないんだっけ？　おもしろそうだなと思って習えるところをさがしたんだよ。そしたら、アジア工業大学って知ってるか？　近くにあるだろ。そこのセパサークルに入れてもらえることになって、それからずっと土日の練習に参加してる。いやあ、まさかかけるが――」

翼の声が遠ざかり、代わりに頭の中でサイレンが聞こえ始めた。火事だ。燃《も》え広がるのはあっという間だろう。にげろ。にげろ。足場が炎《ほのお》に巻《ま》かれる前に。天井《てんじょう》が焼け落ちる前に。ここも俺の居場所《いばしょ》ではなくなったんだ。だれかが火をつけた。翼？　いや、ちがう。こいつは松明《たいまつ》を持って遊びにきただけだ。じゃあ俺か？　そんなはずないだろ。やっと手に入れた居場所だぞ？

「――試合――」

衝撃《しょうげき》で意識《いしき》を飛ばしかけていた俺《おれ》に、試合という言葉だけが耳に入った。

「試合？」

俺は独《ひと》り言《ごと》のようにくり返す。

「そう。大学のサークルと練習試合。してみたいだろ？」

晴れやかな顔で俺に笑いかける。練習試合。大会前にちょうどいいな。本当なら大喜びでこいつに礼の一つも言うべき場面だろう。でも試合をしたい気持ちと、そこに兄である翼《つばさ》がいることに対する、恐怖《きょうふ》とも嫌悪《けんお》ともつかない気持ちで俺の足元はばっくり真っ二つに割《わ》れた。

俺は翼の足を見た。すっくと立った両足には左右対称《たいしょう》に筋肉《きんにく》がついている。ポジションは何だろう。性格的にアタッカーだろうな。身長も筋力もこいつの方が数段《すうだん》上だ。俺だって毎日トレーニングしてるけど、二年の年齢《ねんれい》差を考えても鍛《きた》え方がまるでちがう。翼と試合なんかしたら負けるに決まっている。

そんなことになったら俺はどこに行けばいいんだ？

「断《ことわ》る」

俺は割れた地面の安全な方に立った。

「何だよそれ。人がせっかく……」

「たのんでねえ」

「おい、かける。おまえかんちがいしてないか？　うまいやつと対戦できるチャンスだろうが。大学生のプレーが生で見られるし、指導《しどう》もしてもらえる。おまえ、強くなりたいんだよな、セパタクロー。だったら『くる』の一択《いったく》だろ。そうやって自分の殻《から》に閉じこもっていいことあるのかよ」

「うるせえ！　出てけ！」

俺は立ち上がって翼をつき飛ばした。

「何すんだよ」

翼が俺の胸《むな》ぐらをつかんだ。

「俺に、構《かま》うなっ」

俺は声をしぼり出す。

「そうかよ。もったいない……」

翼《つばさ》は俺《おれ》の服からゆっくりと手を離《はな》した。俺はいすに座《すわ》り直し、ぶっかけ飯《めし》を見た。すっかり冷めてしまった。

「おまえがセパタクローしたい気持ちってその程度《ていど》なんだな。どうせ人に誘《さそ》われてなんとなく始めたとかだろ。そのうちなんとなくやめちまうんだろうな。サッカーやバレーをやめたみたいに」

翼が鼻で笑う。

ちがう。なんとなくじゃない。俺は、俺は――、

「俺は勝ち取ったんだよ」

翼の声。俺はハッとして顔を上げた。目が合った瞬間《しゅんかん》、その顔が腫《は》れ上がっていた時のことを思い出した。ケンカの原因って――。

父親はマイペースなくせしてこの長男にだけは入れこんでいる。物入れに詰《つ》まったトレー

ニング用アイテムの数々やホワイトボードに書かれた練習メニューの細かさを見るだけでもわかる。そんな大事な息子が急にマイナースポーツに転向するとか言いだしたらキレるに決まっている。

「セパなら日本代表がねらえる。競技《きょうぎ》人口が少ないから高校からやってるアドバンテージはでかい。一年近くやってみて、セパに専念《せんねん》することに決めた。親父《おやじ》とも話はついてる。おまえはどうなんだよ? 進路のこともセパのことも、この先どうしたいか少しは考えてるのか?」

俺? どうもこうもねえよ。セパタクローは仲間を見つけてようやく大会に出ようって話になったばっかりだ。進路なんて卒業できるってわかってホッとしただけで一ミリも考えてねえ。それが今の俺のや、っ、と、なんだ。高いとこから茶々《ちゃちゃ》入れてくんじゃねえ。うるせえんだよ!

「練習試合にはこいよ」

簡単《かんたん》に言うな。「はいわかりました」って行けるような性格《せいかく》だったら苦労してねえよ。

「おまえがセパタクローやってモノになりそうかどうか見てやるよ。そうだな、俺と試合してあっさり負けるようなら、さっさとやめた方がいい」

『やめた方がいい』？

『やめる』という単語を耳にしたとたん、ヒュッと息が苦しくなった。なんで俺《おれ》のことなのにてめえが決めるんだよ。意味がわからねえ。頭ごなしに好き勝手言いやがって。いっつも、いっつも！　不意に鼻の奥《おく》にツンと痛《いた》みが走った。

なんだこれ？　泣きそうなのかよ俺。最悪《さいあく》。

俺は息を止めて飯粒《めしつぶ》をぐっとにらみつけた。

「またそうやってすぐだまる。続けたいんだったら俺が何言ったって堂々と『続ける』って言えよ」

そりゃ、あんたなら言えるだろうよ。でも俺にはむり。したいことをしたいって言えるのは『強さ』だ。残念ながら俺はそんなもん持ってねえ。

「にげるなよ」

タンッ

ふすまの閉まる音がした。でも、まだ真横に翼《つばさ》が立っている気がする。どんぶりの中で飯粒がふやけていく。

空調の室外機がブーンと低いうなりを立て始めた。俺はようやく顔を上げ、翼が閉めたふすまを見た。子どものころ描《か》いた落書きが残ったままの穴《あな》だらけのふすま。その向こうにあいつがいる。これからもずっと、生きているかぎりこうやって俺に――。

ガシャッ！

俺は机《つくえ》の引き出しを開けた。シャーペン、消しゴム、のり、コンパス――俺は引き出しの中身を次々に放り投げた。二段目も、三段目も。辞書、テープカッター、定規《じょうぎ》――どれもこれも役に立ちそうもない。机の中が空《から》になると俺は立ち上がった。台所なら――。

俺はいったい何をしようとしているんだ。

さあっと耳の中で血の気が引く音がした。足の力が抜《ぬ》け、ゆかに座《すわ》りこむ。

こんな日がくるんじゃないかと思っていた。こんなにうまくいくわけない、こんなに楽しい日が続くわけないって。どこかで、いつかだれかがぶち壊《こわ》しにくることを望んでいたような気さえしてくる。

カチカチカチ、ぎゅーん

頭の中を黄色いミニカーが走る。小さいころ、一番のお気に入りだったやつだ。バックさせてゼンマイを巻《ま》くと、すごいスピードで走る。ある日、あいつが『貸《か》してくれ』って言って持ち出した。夜には返してくれたけど車体に砂《すな》が入りこみ、前ほどスピードが出なくなっていた。結局俺《おれ》はそれを机《つくえ》の上の特等席《とくとうせき》からガラクタ入れに降格《こうかく》させ、そのうちなくしてしまった。レアカード、オオクワガタ、クマゼミの抜《ぬ》け殻《がら》、サッカー……いろんなものが頭に浮《う》かんでは消えていく。

黄色い車に乗っていたらハンドルがなくなってクラッシュする夢《ゆめ》を見た。

次の日、俺は練習に行かず部屋に閉じこもった。携帯《けいたい》が鳴ったが、すぐに電源《でんげん》を落とした。ふすまに丈夫《じょうぶ》な布《ぬの》のガムテープをびっちり貼《は》り直し、新聞紙を丸めてつっかい棒《ぼう》を作ってはめると、それもガムテープで固定した。それから仕上げにマットレスと机をふすまの前に動かした。


ピンポーンピンポーンピンポーンピンポーン
呼《よ》び鈴《りん》がやたらと鳴り続く。なんだ？

「お届《とど》け物でーす」

宅配《たくはい》？　俺は玄関《げんかん》に行き、ドアを開けた。チェーンごしの十センチのすき間からでかい人間が見える。

「山本《やまもと》……」

「かける、なんで最近こないんすか？」

「悪《わり》い」

「謝《あやま》らなくていいんすけど——」

「ホントに悪かった」

俺《おれ》は下を向いてもう一度謝《あやま》った。沈黙《ちんもく》が流れる。

「……おい」

山本《やまもと》の声が変わった。なんか怒《おこ》らせたっぽい。

「謝ってすますなよ。すっげえ失礼なんだからな、そういうの」

山本の言うとおりだ。でも、ほかに言える言葉の持ち合わせもない。

「壁《かべ》作る前に思ってること言えよ！『困《こま》った時は人をたよってええんよ』ってうちのばあちゃんも言ってたぞ。口に出さなきゃわかんねえだろ！なあ、おい！」

山本の声と、ドアをたたく音がビリビリ耳に響《ひび》く。

ガチャ
となりの家のドアが開く音がした。近所迷惑《めいわく》だったか。山本がとなりの家に向かってペコッと頭を下げた。

「またくるっす」

山本は足早に去って行った。

ピンポーン
次の日も呼《よ》び鈴《りん》が鳴った。

ピンポンピンポンピンポンピンポンピンポンピーンポーン
「……はい」

タケがいた。

「これ、外してくんない？」

チェーンを指さしてニッコリ笑う。俺はしぶしぶチェーンを外して中に入れた。

「何かあったの？」

タケが短パンのポケットに手をつっこんで俺の顔をのぞきこむ。

「急にこなくなるとかおかしいじゃん。何かあったんでしょ。教えてよ」

俺は首を横にふった。どうしてこいつはこんなにコミュ力《りょく》高いんだろう。俺の方が（一年だけど）年上なのに。こういうのって年齢《ねんれい》じゃねえんだな。

「あのさあ」

タケは話し続ける。俺《おれ》は壁《かべ》に寄《よ》りかかり、足元の玄関《げんかん》マットの模様《もよう》を目でたどる。

「かけるが思ってることを言わずに我慢《がまん》するのはさ、自分を大事にしてないってことじゃん。それってかけるを仲間として大事に思ってるオレらを大事にしてないってことじゃないの?」

俺は顔を上げた。

「意味わかんねえ」

タケが片方《かたほう》だけ眉《まゆ》を上げてふうっと息を吐《は》いた。

「かけるは仲間を大事にしたいだろ?」

タケが俺を見る。仕方なく俺は軽くうなずく。

「なのに、自分を大事にしないから、結局仲間を大事にできてないじゃん」

ああ、そういう意味か。だったら俺にはぜいたくな話だ。高望みしたから周りに迷惑《めいわく》をかけたんだな。

「だったら俺を切ればいい」

その瞬間《しゅんかん》、タケが今まで聞いたことがないほどの大声を出した。

「このドアホ！」

また朝がきた。俺はマットレスのないベッドの上でタオルケットをかぶって小さくなっている。ふすまに立てかけたマットレスにへばりついたボロボロのガムテープをじっと見ている。部屋を出る気力も、飯《めし》を食う気力もなかった。ただ時計の音だけがくっきりと耳に届《とど》く。

ヘタレだ。カスだ。根性《こんじょう》なしだ。翼《つばさ》がセパタクローをしてるってわかっただけでこのざまだ。どんだけメンタルが弱いんだよ。汚《きたな》い字でポスター作って河原《かわら》の草抜《ぬ》いてコート作って、必死にやってきたことを、あいつにやめろって言われたらやめるのか？　仲間を裏切《うらぎ》るのか？　あんなに心配してくれているのに。

どれだけ考えても、また引きこもらないといけない理由なんてなかった。あんなやつほっといて、今までどおり楽しくセパタクローをやればいい。大会にだって出ればいい。頭ではわかっている。なのに体は一ミリも動かない。

次の日も呼《よ》び鈴《りん》が鳴った。ドアの向こうにいるのはタケか山本《やまもと》だろう。俺は耳をふさいだ。

第十八章　潮

その晩《ばん》、俺《おれ》は自分の部屋で一人、壁《かべ》にもたれていた。時計は十二時ちょうどを指している。

秒針《びょうしん》がたどたどしく時間を刻《きざ》む。

――――12:01。一分経過。

「があっ！」

俺は枕《まくら》を投げて立ち上がった。

もう一秒だってこの空間にいたくない。

リュックに財布《さいふ》と携帯《けいたい》とボールを入れ、自転車の鍵《かぎ》をポケットに押《お》しこむ。『自主トレ』とふせんに走り書きしてテーブルに貼《は》ると、俺は玄関《げんかん》を飛び出した。

夜の道路は巨大《きょだい》なクジラのようだ。昼間の熱気がむわっと町を包んでいる。ペダルをふむと風がゆるく流れ出す。

「ははっ。いいねえ」

俺は足の向くままにひたすら川ぞいの道をこいだ。いつものジョギングコースの先へ。潮《しお》のにおいが強くなる。俺は青い標識《ひょうしき》をたよりにバイパスへ向かってハンドルを切った。

バイパスの側道《そくどう》はうす暗く、人通りはなかった。トラックの音を聞きながらアップダウンの多い側道をひた走る。

途中《とちゅう》から山道に入った。立ちこぎでひたすら一本道を登る。自分の荒《あら》い息が耳にうるさい。どこへ向かっているのかさっぱりわからない。しばらく上り坂が続いたあと、不意《ふい》に下り坂になった。

「ひゃっほー」

熱帯夜の重い空気を前輪《ぜんりん》が切り裂《さ》いて進む。アフロヘアのおっさんのでかい広告、スクラップ置き場、街灯の下で飛び回る蛾《が》。短いトンネルで大声を出す。道路に垂《た》れ下がった竹の下をくぐる。わけのわからないことをさけびながら俺は暗闇《くらやみ》をノーブレーキですべり下りた。

下り坂が終わるとまた細い道が続いた。街灯もまばらでコンビニの明かり以外はほとんど真っ暗だ。ぼんやりと田んぼと川があるのが見える。住宅《じゅうたく》もちらほら。水の音、虫の声、ときどきトラック。俺《おれ》は静かにペダルをふみ続ける。

突然《とつぜん》明るい道に出た。どこだここ？　四車線《しゃせん》の道路を流していたら、やがて橋が見えてきた。市の中心部に向かっているらしい。俺が住んでいる町の市街地はいくつもの支流《しりゅう》に分かれた川の中州《なかす》にある。だからやたらと橋がある。

橋の上から河口を見ると光のない黒が広がっている。あれはみんな海だ。黒とグレーの境《さかい》目《め》が水平線《すいへいせん》。いくつ目かの橋を渡《わた》ると、海の方へハンドルを切った。

悪の要塞《ようさい》みたいなバカでかい物流倉庫や工場がある道を抜け、だだっ広い公園や船着き場を通り、弱々しい街灯がたまにあるだけのうす暗い道を進む。潮風《しおかぜ》をたよりに海へ——。やがて細いコンクリートの一本道が見えた。

波止場《はとば》だ。

コンクリートの長いかたまりが一本、海につき出ている。ところどころに船をつなぐためのでかいフックが生《は》えているほかは何もない。暗闇《くらやみ》に浮《う》かぶ白い線。俺は波止場の真正面に行ってキッとブレーキをかけた。

思いきり――――、

思いっきりこいだら、どのぐらいの速度が出せる？　時速五十キロぐらいいくかな。もし止まれなくても海だ。死にはしないだろう。本気でこいでみよう。自分の足で、出せるスピードの限界《げんかい》まで――――。

俺は波止場の突端《とったん》に向かってペダルをふんだ。自転車がすべり出す。ギアを上げる。ふみこむたびに加速。強い風に目を細める。ハンドルをにぎりしめる。ふくらはぎが悲鳴を上げる。

その時だった。

目の前に何かが走り出た。

「うわああっ」

キッキイイイッ

急ブレーキをかけたら後輪が跳《は》ね上がった。自転車はそのままグルンと回転し――――、

ザン！　ゴボゴボゴボゴボ……

海に投げ出されたらしい。上はどっちだ。酸素《さんそ》、酸素！　俺は必死にもがいた。

ブハアッ
「はあっはあっはあっ」

足が、足がつかない。暗闇《くらやみ》の中、真っ黒にしか見えない海でおぼれかけている。今さらのように恐怖《きょうふ》がせり上がってきた。何かが俺《おれ》を水の中に引きずりこもうとしている気がして、必死で手足を動かした。

「いっ」

手のひらに激痛《げきつう》が走った。波止場《はとば》の壁《かべ》に張りついているカラス貝で手を切ったらしい。波止場の真横に自分がいるとわかって、やっと落ちついた。波止場のはしまで泳いで行き、痛《いた》む手をかばいながら水から上がった。上がったら目の前にネコがいた。ネコは俺を見て「フギャッ」とさけび、走ってにげた。

真夏なのに体が震《ふる》える。自転車はどこだ？　俺は暗がりを見回した。

——一瞬《いっしゅん》、波止場のフックに深海生物が張りついているのかと思った。チェーンが外れ、前輪のスポークが超能力《ちょうのうりょく》でも使ったみたいに奇妙《きみょう》にねじれている。

こっちが俺《おれ》だったかもしれない。

一気に血の気が引いて、頭が覚《さ》めた。放り出された先が海じゃなかったら俺も――。ぞっとした。ねじ曲がった自転車から目が離《はな》せない。背中《せなか》がいつまでも重い。背中？　そうだ、リュック。俺は背中に手を回し、びしょぬれのリュックを下ろした。開けると同時にドバッと海水があふれ、ボールが転がり出た。

『さっさとやめた方がいい』

あいつの言葉がよみがえる。

『なんとなく』なんかじゃない。俺は、本気でセパタクローをやっている。

ただあいつと関わりたくないだけだ。あいつがからむと自分がうまく出せなくなる。ダメ出しされる気がして体がこわばる。急に自分のしていることが恥《は》ずかしくなる。緊張《きんちょう》しすぎて手のひらに汗《あせ》をかき、しなくていいヘマをする。

——そういう自分に、もう、心底《しんそこ》うんざりだ。

俺は立ち上がってリュックを背負った。

「帰ろう」

捨てたい。どこかに捨ててしまいたい。

壊《こわ》れた自転車は悲しいほどに重荷《おもに》だった。ハンドルを持って前輪を持ち上げて歩いてみたが、後輪がガタガタして歩きづらい。かかえたり背中に乗せたりしてみても、ハンドルと前輪が暴《あば》れてよけい重い。自転車屋に預《あず》けようにも夜中だ。俺は自転車を引きずりながらきた道を一歩一歩歩くしかなかった。

途中《とちゅう》で小さな公園を見つけた俺はそこに入り、自転車をフェンスに立てかけてベンチに寝《ね》ころがった。ベンチってこんなに寝心地《ねごこち》よかったっけ……。

子どもの声で目が覚めた。空が明るい。少し休むつもりが俺は深く眠《ねむ》りこんでしまったらしい。飛び起きて携帯《けいたい》を確認《かくにん》――、しようとしたが電源《でんげん》が入らない。水没《すいぼつ》したせいだ。なんてこった。

顔を上げて周りを見ると、小さな子どもが砂《すな》遊びをしている。その後ろに母親らしき人が二人いてチラチラとこちらを見ては小声で話をしていた。俺《おれ》は急いで自転車を持って公園を出た。

道路を車がせわしなく行きかい、気温も順調に上昇中《じょうしょうちゅう》だ。俺は自転車を引きずりながら歩く。

「あと何キロあんだろ……あっちい……」

いくつも橋をこえたあたりから手がブルブルしてきた。休み休み進む。腹《はら》が減った。のどもかわいた。もうろうとしながら歩いているうちに、道に迷《まよ》った。右も左も二階建ての家と小さな庭。ときどき行き止まり。まずいな。住民しか通らない生活道路を壊《こわ》れた自転車引きずって歩いてるなんてあやしすぎる。大きな道に出ないと……。

いくつか角を曲がっていたら、住宅の向こうの坂道の上にガードレールが見えた。坂道を上がると川ぞいの土手の上に出た。ここはどこだ？　――とりあえず上流に向かおう。俺は自転車をなだめすかしながら一歩一歩進んだ。白い鳥が川の中でエサをさがしている。夏草がびっしり生《は》えた河原《かわら》に一か所だけ土が見える。あれは――――、

「コートじゃねえか」

俺は自転車をガコガコ引きずってコートの前まで走った。草むらに切《き》り拓《ひら》かれた長方形。

俺たちが、作ったんだ。

そう思ったとたん、体が軽くなった。自転車を土手に放り投げ、家に向かって走りだす。

玄関《げんかん》に靴《くつ》を脱《ぬ》ぎ捨て翼《つばさ》の部屋の引き戸を勢《いきお》いよく開けた。

「試合！」

「試合が何だよ」

すっとぼけやがって。

「大学で練習試合やる日っていつだよ」

「八月の最後の土曜日だ」

大会の二週間前か。場慣《ばな》れしておくのにちょうどいいな。

「何笑ってんだよ、かける」

笑ってる？　俺《おれ》が？　そういうてめえの方こそ口角《こうかく》が上がってるじゃねえか。

「別に笑ってねえし。大学の人に『行く』って言っとけよ」

俺はバンと引き戸を閉めた。

第十九章　鍛

翼《つばさ》に宣戦布告《せんせんふこく》した俺は、河原《かわら》に取って返した。まだ午後三時。ここにいればそのうちきっと――。


「かけるじゃん！」

タケの声がした。後ろに山本《やまもと》もいた。

「やった。いつきたの？　今家に行ったらかけるの兄さんが『河原じゃないか』って」

「おー、悪《わり》い」

「うわ、なんすか、この自転車」

山本が土手に転がるボコボコの自転車を見て声を上げた。

「それはあとで持って帰る。そんなことより、今度近くの大学で――」

「練習試合だろ？」

とタケ。

「え、知ってんの？」

「昨日かけるの兄さんがきてさ、『試合しませんか』って。大学生と練習できるなんてラッキーじゃん。いきなり大会ってハードル高いなあと思ってたんだよね」

「おう。大会の調整がてらあいつをぶっつぶす」

「いいっすね。ぶっつぶして勢《いきお》いつけるっす」

俺《おれ》と山本《やまもと》が立ち上がると、

「いやいや、大学生に勝つのは難《むずか》しいっしょ。オレらまだ初心者なんだしさ、胸《むね》を借りるつもりでってやつじゃね？」

タケが俺たちの肩にポムと手を置いた。

「そんなこと言ってたらダメっすよ。全力で勝ちにいかないと！」

と山本。

「練習試合は十日後だ。特訓《とっくん》するぞ」

俺がリュックからボールを出そうとした時、

「かける！」

橋の上から声がした。蛍光水色《けいこうみずいろ》のTシャツが風にゆれる。

「おそい」

俺を指さしていつもの文句《もんく》。顔は逆光《ぎゃっこう》で見えない。

「おそくねえ」

俺は太陽に手をかざした。あ、笑ってやがる。


翌日。特訓初日だ。早朝五時集合。朝と夕方みっちり練習して昼間のクソ暑い時間は休憩《きゅうけい》する計画だ。

「レシーブ特訓するよ」

レンがテニスラケットを持って空《から》のビールケースの上に立った。ボールといっしょにビールケースを持ってきたのはふみ台にするためだったのか。

「速いアタックに慣《な》れるために――」

レンはラケットをふり上げると、ネットの向こう側からボールをほぼ真下にたたきつけた。

ビシィッ!

球は朝の空気を切《き》り裂《さ》き、だれもいないコートの地面をけずって跳《は》ねた。

「これをとる」

「ムリムリ。レンちゃん、せめてもうちょっと下がって」

タケがたのみこむ。レンはラケットで自分の肩《かた》をトントンとたたき、目を細めた。

「相手、大学生だよ。小学生の打つ球、とれなくてどうする」

だよな。

「こい!」

俺《おれ》はコートに入り、守備《しゅび》の姿勢《しせい》をとった。

「いくよ!」

ラケットから剛速球《ごうそっきゅう》がくり出され、反応《はんのう》する前に足元に刺《さ》さった。

「もう一本!」

今度は動けたけど、つま先をかすっただけ。次はインサイドに当てたけど、後ろにはじけ飛んだ。なかなか上げられない。でも少しずつ目が慣《な》れてきた。ラケットからくり出される球は速いけれど、見切れさえすれば体は動く、はず！

「上がった！」

十本目にようやくトサーの位置に返せた。レンに代わって今度は山本がビールケースに立った。一発目、いきなり顔面に食らってしまった。目の奥《おく》で星が飛ぶ。

「すんませんっ。力みすぎたっす」

「大丈夫《だいじょうぶ》。手かげんすんなよ」

山本がまたラケットをふる。お、速い。

「山ちゃん、左右にふって」

さっきまで正面ばかりだった球が左右にも飛んでくるようになった。いつでも、どこにきても反応できるように全身の神経《しんけい》を研《と》ぎ澄《す》ませつつも、どこか一部に気を取られはしない。波一つない水面《みなも》のような集中。

こい、こい、こい！

レンはもう一本ラケットを持ってきた。

「ボール増やすよー」

レンからも山本《やまもと》からも次々に球がくる。うわ、なんだこれ。

「足だけ出してとるな！　動いて動いて！」

レンが檄《げき》を飛ばす。やばい、足が動かなくなってきた。基礎《きそ》体力が足らねえ。動け、俺《おれ》の筋肉《きんにく》。蹴散《けち》らせ乳酸《にゅうさん》！　俺は球を拾ったあとバランスをくずし、勢《いきお》いあまって草むらにつっこんだ。

「ほい、交代」

今度は俺がラケットをにぎり、山本とタケもレシーブ練習をした。

もう太陽が真上だ。日ざしをよけて橋の下で昼飯《ひるめし》。コンビニで買ってきたフライドチキンを食い終わると俺はレンにたのんだ。

「インステップサーブとフェイントサーブ教えてくれ」

インステップサーブは足の甲《こう》で蹴るサーブ。フェイントサーブは強打と見せかけてゆるく落とすサーブで、主に足の裏《うら》を使う（ってネットで調べた）。

「今、インサイドサーブしかやってないだろ。種類増やしたいんだよ。サービスエースが取りたい」

「よく言った、かける！　サーブはだれにもじゃまされない『完全《かんぜん》な攻撃《こうげき》』だからね。サーブでくずすの大事！」

レンは家から持ってきた生《なま》インゲンをパリポリと食べている。インゲンって生で食えるんだな……ってそうじゃなくて、

「サービスエース取りやすいのはどっちだ？」

「どっちも取れる。使い分けたら最強。カンキューつけて相手のウラをかく」

いいねえ。

「でも足の裏も足の甲もコントロールが難《むずか》しい」

レンは「ふんむーっ」とため息をついた。

「コントロールはできる」

俺は断言《だんげん》した。

「かけるなのにすごい自信！」

レンが目を丸くする。

「一歳《さい》からボール蹴《け》ってんだ、なめんな。すぐ両方教えてくれ」

「オレ、手伝うよ。スロワーやろうか」

タケが横からニュッと顔を出した。

「じゃあフェイントサーブからね」

レンはサービスサークルに立つとタケのスローを足の裏《うら》でシュッとこするように蹴《け》った。強い回転のかかったその球はネットをこえるとポトンと落ちた。これこれ。これがやりたい。

今度は俺《おれ》がサービスサークルに立った。

ビッ

靴底《くつぞこ》にグイッとボールが引っかかる感触《かんしょく》。球はギュルギュル回転しながら相手コートに入り、テンと落ちた。

「よし！」

アタックでタッピングを練習しておいてよかった。回転をかけるのはまだ練習が必要だが、足の裏で蹴ること自体はよゆうでできる。力かげんや当てる位置を変えながらくり返し足の裏でサーブをうった。うまくいくと絶妙《ぜつみょう》なコースに入る。でも、失敗するとただのチャンスボールだし、ネットにかかることも多い。

「決まらないことも多いよなあ」

俺がぼやくと、

「考えすぎはよくない。マイペンライ！」

レンが声を張《は》った。そうだな。タケと山本《やまもと》とレンがトスからアタックの流れを練習している間も、俺はすみの方でフェイントサーブの練習を続けた。

「かける、インステップサーブもやるんじゃないのか？」

レンの声にハッとして周りを見回すと、もう日がしずみ始めていた。

「やるやる」

俺はあわてて返事をした。

インサイドサーブは足全体を一本の棒《ぼう》みたいにぶん回す感じだが、インステップサーブは足の甲《こう》で蹴るからひざのバネも使える。その分スピードとパワーがある。レンの見本を見たあと、俺《おれ》もやってみた。

「コントロールできるってホントだったんだあ」

本気でおどろいている。……俺って信用ないのな。

「そうだ！　インステップサーブができるんだったら、ローやろうよ」

レンが明るい声を上げた。ローってローリングアタックのことだよな。

「むり。着地が悲惨《ひさん》」

俺は断《ことわ》ったが、レンはおかまいなしに続ける。

「へーきへーき。ぐるんってしないローだから。あれならかけるでも大丈夫《だいじょうぶ》！」

「どんなやつだよ、それ」

俺がくわしく聞こうとした時、六時を知らせる音楽が町中に鳴り始めた。

「あっ！　ぼく、もう帰らないと」

レンがリュックを背負《せお》った。

「えっ、ローは？」

引き止めようとしたら、

「かける、レンちゃんは小学生だよ。あんまりおそくなったらまずいっしょ」

タケが俺にストップをかけた。それもそうだ。

「また明日！」

レンは足早に石段《いしだん》をかけ上がった。残った俺たちはレシーブ、トス、アタックの流れを何度もくり返した。

二日目の朝、レンは俺を見るとすぐに、

「かけるのロー」

と言って実演《じつえん》してくれた。ジャンプして回し蹴り。サッカーのボレーシュートみたいだ。蹴ったらそのまま足で着地だから、背中《せなか》を打つこともない。……これならやれる！　俺ははやる気持ちをおさえながらコートに入った。レンからのトス。ゆかを蹴って――、
ボレーシュート！

空中だから軸足《じくあし》が自由になる分、体幹《たいかん》のひねりをパワーにできる。これ、あれに似《に》てるな。

「――刈《か》りばらい機《き》」

「ん?」

「何でもない。もう一本!」

アタックをうっていたら反対側で山本《やまもと》とタケがレシーブをし始めた。

「これ、ネット際《ぎわ》で止められそうっすね」

「何だと?」

「パワーないっすから」

山本がニヤッと笑う。こいつ。

「ブロックはこうだよ」

レンがネット際《ぎわ》で跳《と》んだ。レンの身長より十センチ高いネットの上に軽々《かるがる》と足が上がる。

「そんなに足上がらないっす」

山本が「ムリムリ」と左手を横にふった。

「背中《せなか》ブロックでもいいよ」

レンがネットに背を向けてピョンと跳んでみせた。

「あ、それならできるっす」

「じゃあタケちゃん場所替《か》わって」

ネットをはさんでレン、山本《やまもと》チームと俺《おれ》、タケチームに分かれる。俺がローをうつ瞬間《しゅんかん》、山本とレンが後ろを向いて跳《と》んだ。ボールは山本の背中《せなか》に当たったけれどこっちのコートの外に落ちた。ブロックアウトだ。よっしゃ。

「あれ?」

着地した山本が首をひねる。

「ブロックアウトだよ。こっちのポイント」

俺がニヤリと笑うと山本は、

「だーっ。ブロックした意味ないじゃないっすか」

と五分《ごぶ》刈《が》り頭をかきむしった。

「プレッシャーになるだけでも意味あるから。マイペンライ」

レンが山本の肩《かた》をポンとたたいた。

七日目になった。昼飯《ひるめし》を食いながら俺は考える。サーブは上達したと思う。でも何かもう

一つ――、

「必殺《ひっさつ》サーブがほしい」

ポロッとこぼしたあとで恥《は》ずかしくなった。『必殺』て。中二病《ちゅうにびょう》か。

「左でサーブってどう？　かける左も使えるじゃん」

とタケ。よく見てるな。

「スイッチサーバー。いつも右足でさ、たまに左足サーブ。やってみようよ」

タケがボールを手にひょいと立ち上がった。

「おう」

左足でサーブをすること自体はすぐできるようになった。ねらいやすいコースがちがうから武器《ぶき》になるかもしれない。体のバランスをとるためにもよさそうだ。左右反転させてふだんと真逆《まぎゃく》の動きをするのがおもしろい。

左足サーブの時にスロワーをする山本は、レンからスローの猛特訓《もうとっくん》を受けている。

「山ちゃん、あわてすぎ。もっと腰落《こし》として。――ダメダメ。投げ方がコロコロ変わったらサーバーが困《こま》るよ。――穴《あな》に指入れない！　そっと乗せるだけ。いいスローは止まって見えるんだよ、がんばって」

俺《おれ》は時間の許《ゆる》すかぎりサーブをみがいた。コースをねらったり強さのかげんをしたり。試したいことはきりがないほどある。ローの練習もした。アタックと呼《よ》んでもいいスピードになった（と思う）。でもネットにかかることも多い。もっと時間がほしい。今までなんとなくすごしてた時間を全部かき集めて今使いたい。

ネットの向こう側であいつがニヤニヤ笑ってる気がする。


「明日は大学のサークルの人が二時に大学の正門にむかえにきてくれるって。コンビニに一時でどう？」

最後の練習のあとでタケがみんなを見回した。タケが連絡係を買って出てくれたので、大変助かっている。

「小学生は学区外で自転車が使えないからみんなも歩いてきてね」

「自転車壊《こわ》しちゃった人もいるしね」

レンがププッと笑う。

「うるせえ」

「何かほかに連絡がある人——」

タケが聞いたら、

「ハイ！」

レンが手を上げた。

「ハイ、レンちゃん」

「明日の練習試合、『マイペンライ』でいきたい」

「マイペンライって何すか？」

と山本《やまもと》。

「『気にすんな』ってこと」

とタケ。

「ええっ、だったら今までの特訓《とっくん》って何だったんすか？」

山本が首をひねる。

「大学生、たぶんめちゃ強い。緊張《きんちょう》したり相手にのまれたりしたら、一瞬《いっしゅん》で負ける」

レンの言葉に俺《おれ》はウッと息が詰《つ》まった。

「そこまでなの？　実力差って」

タケが悲愴《ひそう》な声を上げた。

「うん。だからマイペンライ」

「楽しんだ方が実力が出せるってことっすね」

山本がビッと親指を立てた。

「そう！　かけるもだよ」

レンが俺の顔をのぞきこむ。

「おう」

やれるだけやった。それだけはまちがいない。

第二十章　道

八月最後の土曜日。まだ八時半だというのに俺は気もそぞろだ。水でも飲もうと思って部屋を出たら、

「道、わかるのか？」

いきなり翼《つばさ》の声がした。ここ最近、俺はほとんど家にいなかったから、翼の顔を見るのは久《ひさ》しぶりだ。翼はテーブルにつき、一人で朝飯《あさめし》を食っている。夕飯の残りなのはわかるけど朝からスペアリブってどうなの？

「川ぞいをずっと下《くだ》るだけだろ。わかるって」

俺は答えながら段《だん》ボールが貼《は》られたままの食器棚《しょっきだな》を開けた。

「ならいいけど、小学生いるんだから車に気をつけろよ」

はいはい。

「俺《おれ》、午前中の自主練も行くからもう出るけど、かけるは何時に出る?」

今日はまた一段《いちだん》とよくしゃべるな。俺は蛇口《じゃぐち》をひねりながら「十二時半」とだけ答えた。

「そうか。じゃ、あとでな。おくれるなよ」

水を飲みながら横目で翼《つばさ》を見る。ウキウキしやがって。俺のサーブを見ておどろくなよ。

市内にアジア工業大学ってものがあるのは知っていたけれど、行くのは初めてだ。シューズ、タオル、財布《さいふ》、冷却《れいきゃく》スプレー、テーピング、絆創膏《ばんそうこう》……。荷物はこんなもんか。適当《てきとう》にリュックに詰《つ》めこんでいく。

ボールを入れようとして手を止めた。もらった時よりずいぶんささくれが目立ってきた。直径十四センチの小鳥は今や俺の相棒《あいぼう》だ。俺は手の中でくるりと回してはずませた。「ちゃっ、ちゃっ、ちゃ」とプラスチック同士が当たる小さな音がする。どうしてこんなに手になじむんだろう。

勝てる可能性《かのうせい》は——低い。でも、行きさえすればチャンスはある。にげない。それだけでも俺にしては上出来《じょうでき》だろ。

今日はレンもタケも山本《やまもと》もくる。相手はあいつだけじゃないし、俺は一人じゃない。

「行くか」

俺は玄関《げんかん》を開けた。今日もよく晴れている。


集合時刻《じこく》の十分前にコンビニについた。レンが車止めの太いパイプの上に立っている。

「かける!」

ピョンと下りてかけ寄《よ》ってきた。

「ぼく三十分前にきた」

ショッキングピンクのTシャツに蛍光《けいこう》黄緑のハーフパンツ。リュックの横にでかいストラップがついていると思ったら大きなナスカンにかかったセパタクローボールだった。タイ語で名前が書いてある、ささくれボール。

車止めにもたれて待つこと五分、タケがきた。

「こんにちはあ」

いつもよりモヒカンがハードに固めてある。

「やっほう、タケちゃん」

レンが両手を上げる。

「やっほう、レンちゃん」

タケが体を屈《かが》めてグータッチをする。

「オレさ、今日シューズ忘《わす》れそうになった」

とタケ。

「いつも外だもんな」

「体育館、やっぱ感覚ちがうかなあ」

タケがつま先でトンと跳《は》ねた。

「ちがう。でもすぐ慣《な》れるだろ」

「ちわあっす」

キャップをかぶった山本《やまもと》が自転車に乗って現《あらわ》れた。ウミガメがプリントされた夏っぽいお気楽なタンクトップ。

「あ、山ちゃんだあ！」

レンがパタパタと走って行く。

「自転車どうすんの？」

タケが聞くと山本は、

「押《お》して行くっす。帰りに買い物たのまれてるんすよ」

ひょいと自転車から降《お》りた。


四人で川ぞいの道を延々《えんえん》と歩いた。ガードレールにもたれるようにしてススキが葉をのばしている。まだむし暑いけれど、秋はそこまできているらしい。


大学が見えてきた。大きなグラウンドがあり、その周りに緑色のネットが高く張《は》りめぐらされている。グラウンドの向こうが正門だ。守衛《しゅえい》さんのいる小さな建物がちょこんと建っている。道の反対側には学生向けの食堂が軒《のき》を連《つら》ねていた。トンカツ、ラーメン、弁当《べんとう》店。うまそうだな。しかも安いな。

正門の前にこんがり日焼けした茶髪《ちゃぱつ》の人がいた。『歓迎《かんげい》　二之城《にのしろ》セパタクロークラブ』と書かれた画用紙を持って立っている。

「あ、あの人！」

レンが走り寄って、

「こんにちは」

画用紙の人に向かって両手を合わせた。俺《おれ》たちもつられてレンのまねをする。画用紙の人も両手を合わせ、ニッコリほほえんだ。

「こんにちは。二之城《にのしろ》セパタクロークラブの人？」

「はい！」

レンが勢《いきお》いこんで返事をする。

「元気だねえ。アジ大セパタクローサークルの阿部《あべ》です。今日はよろしく」

阿部さんはさっきよりもっとニコニコだ。

阿部さんについて大学の中を歩く。大学構内《こうない》には人がたくさんいた。私服《しふく》の学生が自由に歩いている。ヘッドフォンをしていたり、ギターを背負《せお》っていたり。当たり前だが中学校とぜんぜんちがう。あと三年半で自分がこの人たちと同じ年になるなんて想像《そうぞう》もつかない。

「ついたよ」

体育館の前に到着《とうちゃく》した。

中からキュキュキュッとシューズがきしむ音や、ダムダムとボールがはずむ音が聞こえてくる。俺は靴《くつ》を脱《ぬ》いで体育館に上がると、右手の指の腹《はら》でゆかにふれた。

天井《てんじょう》から吊《つ》ってあるネットで体育館の中は半々に仕切られている。奥《おく》はバスケットボールチームが使っていて、手前がセパタクローだ。ネットが張《は》られ、得点板が用意されている。

俺は壁際《かべぎわ》にならべられたパイプいすの横に荷物を置いてシューズをはき、ストレッチを始めた。

キュッ
目の前に足が見えた。だれ？

「よお、かける。よくきたな」

翼《つばさ》かよ。俺は無視《むし》してストレッチを続けた。翼は構《かま》わず話しかけてくる。

「かけるの実力、見せてみろよ」

出たよ上から目線――。ダメだ。ここでイラついたりビビったりしたら負けだ。マイペンライ、マイペンライ。

「二之城《にのしろ》チームのキャプテンちょっときて」

ポールのそばに阿部《あべ》さんと相手チームのキャプテンらしき刈《か》り上げ頭の人がいて、ちょいちょいと手招《てまね》きしている。俺《おれ》が行くと、阿部さんが話し始めた。

「一試合目は二之城チーム対アジ大チーム。アジ大は翼《つばさ》と増田《ますだ》兄弟の三人ね。公式戦は二十一点マッチだけど、今日は十五点マッチでやろう。もし一セットずつ取ったらタイブレイクセット。サーブは一本ずつ交代で十点先取。先に二セット取ったチームの勝ち。両チームとも、それでいい？」

「はい」

俺と相手チームのキャプテンが返事をした。そいつは、

「カケル、よろしくね」

と俺の肩《かた》を軽くたたいた。なれなれしいやつだな。俺はあらためてその顔を見た。

「リュー！」

「気づけよ」

リューはいたずらがうまくいったみたいにケラケラ笑っている。刈り上げとスポーツゴーグルのせいでぜんぜんわからなかった。サラサラヘアどこいった?

目をしばたたいていたらだれかきた。リューの肩にひじを乗せ、ニカッと笑う。

「龍二《りゅうじ》の兄、虎一《とらいち》だ。弟の友だちとセパがやれるなんて光栄だな。俺のことはトラと呼《よ》んでくれ」

トラは俺に向かってスチャッと敬礼《けいれい》してみせた。

「はあ……」

長身のひげ面《づら》を見上げる。でかいな。そんでキャラ濃《こ》いな。

「僕《ぼく》、兄ちゃんにさそわれて始めたんだ」

とリュー。

「え、いつから?」

俺が思わず聞き返すと、

「二年の冬休み」

と答えた。俺が学校で球蹴《たまけ》りしてたころにはとっくに始めてたってことか。知らなかった。

それなら――――。

「セパをやるのはここと家だけだ」

その低い声に俺《おれ》はハッとした。バレー部の部長相手に何おめでたいこと考えてんだ、俺は。恨《うら》まれるのは覚悟《かくご》してただろ。

「今日は手かげんしないよ」

ゴーグルの奥《おく》の目が不敵《ふてき》に笑う。迷いのないその目には、三年間部活をやりとおし、一人で部をまとめてきた自信がにじみ出ていた。一瞬《いっしゅん》気圧《けお》されそうになったが、腹《はら》の底に力を入れてリューを見返した。

「当たり前だろ」

それとこれとは話が別だ。全力でいく。

「二之城《にのしろ》が表でアジ大が裏《うら》ね」

阿部《あべ》さんがコインをはじいた。

ピィン
表が出た。

「サーブが先でお願いします」

俺が言うとリューがフッと笑った。ん？　何だよその『これだからシロートは』みたいな笑いは。……まあいいや。あいつの出方をみるより、先にしかける方がいい。

ベンチにもどるとレンが俺とタケのシャツを指さした。

「シャツはズボンにイン！」

「ええっ。なんで？」

タケがこの世の終わりみたいな顔をしている。

「今日は試合だよ。Tシャツがネットに当たってポイント取られたくなかったらすぐ入れて！」

レンが一喝《いっかつ》し、タケがしゅんとしながらシャツを入れた。

「ならんでください」

審判《しんばん》の阿部さんの声を合図《あいず》に俺たちはベースラインに立った。

試合――――。久《ひさ》しぶりだな、この感覚。だれもふんでない雪原《せつげん》を見つけてワクワクするような、地上一〇〇メートルの綱渡《つなわた》りの一歩目で足が震《ふる》えるような――。

ネットをはさんだ向こう側に三人ならんでいる。翼《つばさ》とリューとトラだ。翼が一八〇、トラは一八五ぐらいありそうだ。リューは一六五ぐらいか？こっちは、俺《おれ》が一六七でタケが一七〇、山本《やまもと》が一七五だ。どう考えてもこっちが不利だな。上等《じょうとう》。

セパ道
セパ道

第二十一章　試

翼《つばさ》はひざを曲げて、靴《くつ》の裏《うら》を手でペタペタッとさわった。軽く二回、両足ジャンプ。こっちを見てニヤッと笑った瞬間《しゅんかん》、審判《しんぱん》の声が響《ひび》いた。

「ただいまより二之城《にのしろ》チーム対アジ大チームの試合を始めます――」

選手紹介《しょうかい》のあとコートになだれこむ。翼は真ん中に立った。サーバーなのかよ?

「第一《ファースト》セット、二之城チームサーブ。0－0《ラブオール》」

俺《おれ》のサーブからだ。ふしぎと落ちついている。

サーブは翼に拾われたけど、リューのアタックミスでこっちの得点になった。しかも三本連続。ラッキーラッキー。

今度は翼がサーブをうつ番だ。山本のシザースとタケのローで連続得点。早くも5－0。

「よっし!」

三人でグータッチをかわす。その後も俺たちは順調に得点を重ねた。

「第一《ファースト》セット、15－11《フィフティーン－イレブン》。二之城チーム勝利《ウィン》。二分間休憩《トゥーミニッツレスト》」

リューは俺たちよりは経験《けいけん》があるっぽいけど翼やトラほどではない。悪いけどねらうならリューだな。もっとぜんぜん実力差があるのかと思ってたけど、これなら勝てる。


「ならんでください」

審判の声に俺たちは立ち上がった。

「第二《セカンド》セット、アジ大チームサーブ。0－0《ラブオール》」

ビッ！

翼が蹴《け》った。俺の横を風がかすめ、球がゆかに刺《さ》さる。

インステップサーブ？

今までのゆるいサーブは何だったんだ？　翼が平然と俺を見下ろしている。二本目もサーブでポイントを取られた。三本目は何とか拾ったが一発で相手コートにもどってしまった。

まずいっ――――。

トラが跳《と》んだ。

ローリング！

一セット目はトサーに徹《てっ》していたトラのあざやかなロー。こいつ、絶対《ぜったい》ふだんはアタッカーだろ。俺《おれ》たちは一セット目勝たせてもらったのか？　バカにしやがって。翼《つばさ》をにらんだら「どうかしたのか？」って顔で首をかしげやがった。

俺もインステップサーブをうったけど、一本目はネット。二本目は翼にとられ、リューのシザース。ラインギリギリに落ちてポイントを取られた。

「次、次」

タケが大きな声を上げ、俺の背中《せなか》をバシバシたたいた。

三本目。俺が蹴《け》った瞬間《しゅんかん》、ネットの上に黒い影《かげ》が走った。

何⁉

翼が俺のサーブをヘディングで真下にたたきつけやがった。

いぃっ。サーブをブロックするなんてアリかよ？　バレーボールなら反則《はんそく》だぞ。でも審判《しんぱん》はノーリアクションだ。俺はベンチにいるレンを見た。レンが横に手をふる。

「サーブはブロックしていい。前に言わなかったか？」

聞いてねえよ。俺は信じられない思いで翼を見た。翼はトラとリューに笑顔《えがお》でハイタッチ中だ。サーバーがネット際《ぎわ》で跳《と》んだら後ろガラ空《あ》きじゃねえか。絶対に止められると思ってやがる。くそっ。もう一本だ。俺はサービスサークルに立った。

「かける、相手サーブだよ」

ベンチからレンの声が飛ぶ。あ、そうだった。

「6－0《シックス－ラブ》」

得点がコールされ、翼がゆっくりと左手を構《かま》えて右足を後ろに引いた。

こい！　てめえのサーブは全部俺が拾ってやる！

――――一瞬、目が合った。

とび色の目が冷たく光る。俺の体をぶわっと浮遊感《ふゆうかん》がおそった。すべての皮膚《ひふ》がいったん肉からはがされたような、痛《いた》みとはちがう電流のような感覚《かんかく》。

ズバン

俺の足元に球が刺《さ》さった。

落ちつけ。落ちつけ。俺の頭の中はパニック寸前《すんぜん》だ。さっきあいつと目が合った瞬間《しゅんかん》から、サッカーをしていたころの記憶《きおく》がフラッシュバックし始めていた。

ドッドッドッドッドッ

心拍《しんぱく》が上がり、全身から脂汗《あぶらあせ》が噴《ふ》き出る。

「7－0《セブン－ラブ》」

審判《しんぱん》の声が遠くに聞こえる。

あれは確《たし》か小学三年生の時だ。初めて試合に出た日、俺《おれ》は相手チームのディフェンスにスライディングされ、転んで泣《な》いた。痛《いた》みとくやしさでいつまでも立ち上がれず、気がついたら日が落ちていた。紺色《こんいろ》にそまる空を見ていたら、兄ちゃんが俺を呼《よ》んだ。

『かける』

夕闇《ゆうやみ》の中で目だけが光る。

あの目で見られると、心の底に残るわずかな自信も自尊心《じそんしん》も煙《けむり》のように消えて、体に力が入らなくなってしまう。兄ちゃんは不良品でもチェックするみたいに俺をながめてから、冷めた声でいったんだ。

『おまえもうサッカーやめちまえ』


「────る、くるよ」

タケの声で我《われ》に返ったが、おそかった。また足元にボールが落ちる。

「大丈夫《だいじょうぶ》?」

タケがボールを拾い上げる。

「あいつには勝てない」

「ええっ?　弱気になったらのまれるよ。『ぶっつぶす』って言ってたじゃん」

「サーブくるっすよ。一本、一本!」

翼《つばさ》の足から三本目のサーブがくり出される。

──あれから俺《おれ》はサッカーをしても楽しくなくなったんだ。いや、サッカーだけじゃなくて───。

ガッ

球が肩先《かたさき》に当たり、俺はフラッとよろけた。

「かける、こっちのサーブだ」

サーブ？

俺《おれ》は二のうでと足をさすった。さっきの皮膚《ひふ》が浮《う》くような感覚がまだ残っている。タケがクォーターサークルに立つ。レンが弱ったセミでも見るような目で俺を見ている。得点のコールからサーブまでに与えられる時間は十五秒。もうリミットだ。

タケの手からボールが放たれ、俺はほとんど条件反射《じょうけんはんしゃ》でそれを蹴《け》った。翼《つばさ》がレシーブしてトラがロー。山本《やまもと》とタケがブロックを跳《と》んだがその上を抜《ぬ》かれた。俺の足元で球が跳《は》ねた。

何もかも現実味《げんじつみ》がない。テレビでも見てるみたいだ。

「うっ」

着地したタケがうずくまった。足首を押さえている。

足を痛《いた》めたのか？

丸めた背中《せなか》が震《ふる》えている。俺はぼんやりしていた頭が急にクリアになった。荷物の中から冷却《れいきゃく》スプレーを出し、タケのところへかけ寄《よ》る。

「手どけろ。冷やすぞ」

タケがおそるおそる足から手を離《はな》した。

プシューッ
アジ大の人が集まってきた。タケに肩《かた》を貸《か》して壁際《かべぎわ》まで連れて行く。救急箱とクーラーバッグを持った人もきて応急処置《おうきゅうしょち》が始まった。

「タケ、大丈夫《だいじょうぶ》？」

レンがベンチから出てきた。

「ただのねんざだと思うから、あんま心配すんな」

「……うん」

「アップしろ、トサーたのむ」

「うん！」

審判《しんぱん》に選手交代を願い出る。レンがコートに入る。さっきのしびれるような感覚はきれいさっぱり消えていた。タケのことは心配だが、おかげで目が覚めた。

さあ反撃《はんげき》だ。

俺は軽くジャンプしてから構《かま》えた。

「0―10《ラブ―テン》」

インステップサーブだ。いけっ！

リューの真横でバシッと球が跳《は》ねた。

「シャッ！」

サービスエース！

よし、もう一度インステップサーブ。たたみかけてやる。リューがインサイドで拾ったがはじいた。壁《かべ》に球がぶち当たる。

「ッシャア！」

よしよしよし。いいぞ！

今度は翼《つばさ》のサーブだ。サービスサークルに立ったあいつは、なぜかうっすら笑っている。

何だ？　蹴《け》る瞬間、緑色の靴底《くつぞこ》が見えた。

落ちる！

タイミングを外され、反応できなかった。くそー。フェイントサーブもあるのかよ、翼のやつ……。

翼の二本目は山本《やまもと》がヘディングでさばいて俺《おれ》がトス。

「レン！」

ショッキングピンクが空中で回転する。ノーマークでくり出したローは見事に決まった。

一瞬シーンとなったあとで、トラが目を丸くして「ブラボー」と手をたたいた。アジ大ベンチがざわつく。そりゃそうだ。まさか小学生がローリングをかましてくるとは思わねえよな。

それもカンペキな回転のローなんて。


そのあと、山本がシザースを決めて一点は返せたけれど——、

「チェンジサイド」

コートを移動《いどう》し整列する。

「第二《セカンド》セット、15《フィフティーン》－4《フォー》。アジ大チーム勝利《ウイン》」

二セット目を落としてしまった。これで1－1だ。

ベンチで水分補給《ほきゅう》をし、汗《あせ》をふく。疲《つか》れていないしどこも痛《いた》くない。体が軽い。まだいける。ぜんぜんいける。

「レディ」

タイブレイクセットが始まる。

ここから十点取れば勝ちだ。

「0―0《ラブオール》」

第二十二章　決

タイブレイクセットもアジ大チーム優勢《ゆうせい》で進んでいる。今0－4。

トラが本気でローをうったら俺《おれ》たちは手も足も出ない。トラのローを封《ふう》じるにはサーブでくずさないと……。サービスサークルでジリジリ考えていたら、レンが山本《やまもと》にボールを投げた。

「え、何すか？　ええっ。やるんすか？」

スイッチ！　俺の中にはピンチサーバーがいるんだった。俺は山本の方を向いた。山本がアワアワと左手にボールを乗せる。翼《つばさ》が一瞬《いっしゅん》「えっ」って顔をした。アジ大ベンチからかすかに笑い声がする。う……。思ったより恥《は》ずかしいなこれ。俺は大きく息をついて構《かま》えた。

得点がコールされ山本の手からボールが離《はな》れる。

遠いっ！

くっ。俺は足をギリギリまでのばして（軸足《じくあし》を離《はな》すわけにはいかない）左足で蹴《け》った。蹴ると同時に転んだけど、球はリューの後ろ、ベースラインの内側に落ちた。

よっしゃ!

タイブレイクセットは一本ごとにサーブ権《けん》が交代する。次は翼《つばさ》のターンだ。翼のサーブを俺《おれ》がさばき、山本《やまもと》がシザースをうった。だが、あっさりトラのブロックにかかってしまった。

「山ちゃん、ねらいはいいよ。次はいける!」

タケがベンチから声を出してくれる。

「があぁ。いまいましいいいいいぃ! あれってどうやったらかわせるんすか?」

山本が両手をわなわな震《ふる》わせている。

「ゴチャゴチャ考えるんじゃねえ。高く跳《と》んで強く蹴《け》ってろ」

俺は山本のひざ裏《うら》をすねで軽く蹴ってからサービスサークルに立った。

俺のサーブ。トラが拾い、リューと山本がネット際《ぎわ》で競《せ》り合う。そこへ翼まで上がってきてヘディングをかましやがった。

あんた、根っからのフォワード気質《きしつ》だよな。後ろががら空《あ》きだぞ。

俺は相手コート後方に大きく球を蹴り返した。翼が必死で走って行く。だが球はコートの角にテンと落ちた。

「イン」

審判《しんぱん》の声。翼が勢《いきお》いあまってパイプいすをなぎたおす。

「があああっ」

おお、さけんでる、さけんでる。顔真っ赤。

翼はサービスサークルに立つと、軽く二回ジャンプして一瞬《いっしゅん》俺を見た。

お、くるぞ。こいこい！

バシッ
翼のインステップサーブが火を噴《ふ》いた。高い！　と思った瞬間《しゅんかん》には球が鼻を直撃《ちょくげき》していた。

「んがっ」

いってー。鼻を押《お》さえてうつむく。白い体育館シューズにポタッと血が落ちた。

ベンチに下がる時、翼が『ごめん』って感じで片手《かたて》を立てているのが見えた。俺がよけきれなかっただけだっての。俺は軽く右手を上げてコートを出た。ボールは体育館の二階に入ったらしい。アジ大生がはしごで二階へ上がり、ボールを拾って下へ投げた。

さて、切り替え切り替え。俺もいくか、インステップサーブ。

翼《つばさ》は難《なん》なく拾いやがった。リューにトスが上がる。こいつのシザースはもう見切った。

「レン！」

俺《おれ》はレシーブを高く上げた。ショッキングピンクがもう一度宙《ちゅう》を舞《ま》う。

「ナイスアタック！」

これで3－6だ。

翼がサービスサークルから俺を見て、わずかにあごをそらした。今度は何だよ？ 翼のサーブ。ゆるいじゃねえか。いや――、コースがまずい。山本《やまもと》ねらいだ。右足レシーブが苦手なのを見抜《みぬ》いてやがる。

「ヤマ、どけ！」

俺は前に走りこんでレシーブしたがネットにかけてしまった。翼は首をコキコキと左右にふって軽く肩《かた》を回した。なんかムカつく。……マイペンライ、マイペンライ。

俺は足の裏《うら》でボールに回転をかけて蹴った。

いけ！ 球は翼の目の前で勢いを失い――、ポテンと落ちた。

「ッシャラ！」

目だけで翼にドヤる。４－７。ここから逆転《ぎゃくてん》だ。このセットを取って俺たちが勝つ。翼のターン。何がくる？　あいつのことだから——。

「フェイントだ」

俺はグータッチをしながらレンと山本に小声で伝えた。山本が「え？」と小さく聞き返した。『なんで断言《だんげん》できるんだ？』って顔をしてるけど、わかるものはわかるんだよ。

い、い、当たりだろ？

サービスサークルに立つ翼を見る。目がいたずらっぽく笑っている。右足を後ろに引き、スッと左手を上げた。サーブの構《かま》えなのにマジックショーでも始めそうな雰囲気《ふんいき》だ。

楽しんでるな、おい。

奇遇《きぐう》だな、翼。俺もだよ。

「なあ、山本——」

「なんすか？」

「あんた、足出すなよ」

笑いたいのをこらえて俺《おれ》はたのんだ。

「……っす」

翼《つばさ》が足をふり上げた。サーブに全神経《ぜんしんけい》を集中する。一瞬、緑色の靴底《くつぞこ》が見えた。

――前！

俺は落下点にすべりこむ。よし上げた！

山本《やまもと》のシザース。トラに拾われ、リューが跳《と》んだ。レンと山本の二枚《まい》ブロック。球は山本の背中《せなか》に当たり相手コートに落ちた。よっしゃあ。5－7！

「ナイスブロック！」

タケの声もはずんでいる。山本とレンが両手でグータッチをした。

俺のサーブ。リューが拾い、トラがネットに背を向けた。ローがくる！

「ヤマ、止めろ！」

だがトラの打点の方がはるかに高い。山本の頭上から、たたきつけるようなロー。これをやられたらかなわない。時速一〇〇キロの世界。圧倒的《あっとうてき》すぎてだれも声が出せず、俺たちはシンとなってしまった。

「タイム――」

俺は審判に願い出た。

「特に言うことはねえ。流れが切りたかっただけだ」

パイプいすに浅《あさ》く腰《こし》かけ、水分補給《ほきゅう》。汗《あせ》をふいたタオルをかぶったままコートを見た。ゆかがピカピカに光っている。ネットがあって主審《しゅしん》がいる。相手チームが集まって話をしている。むし暑いこの空気まで何もかも完璧《かんぺき》だ。なんて幸せな空間なんだろう。

「レン、山本に上げると見せかけて俺に上げてくれ」

「うん」

「ひっくり返そう」

タイムが明け、翼のサーブ。山本がヘディングでとり、レンがトス。

「山ちゃん！」

山本《やまもと》が跳《と》ぶ。トラとリューがブロックする。かかった！　悪いけどそっちに球はねえよ。

ダン！

俺《おれ》は跳び、右足の力全部で球を蹴《け》った。


「――アウト」


俺のローはラインを割《わ》ってしまった。

「悪《わり》い」

これで5－9。もうあとがない。やっぱ、実戦で使うのって難《むずか》しいな。サーブとちがう度《ど》胸《きょう》が要《い》る。人がつないだ重みっていうか――。

「マイペンライ、かける。また上げるよ」

また？　俺は一瞬《いっしゅん》返事をためらった。その時、

「――次はない。アタッカーだけマーク――」

翼《つばさ》の声が聞こえた。何だとコラ。俺は思わず翼をにらんだ。聞こえてんぞ、てめえ。

「次もくれ」

俺はレンと軽くグータッチをした。

さて、今度はサーブだ。ミスったら試合終了。でもビビって安全みたら絶対後悔《ぜったいこうかい》する。俺は山本《やまもと》の方を向いた。レンが山本にボールを渡《わた》す。

「また投げるんすか？」

露骨《ろこつ》にイヤそうな顔――ひょっとして、さっきのスローを引きずってるのか？　心臓《しんぞう》に毛が生《は》えてる山本が？　確《たし》かにギリだったけどポイント取ったじゃねえか。信じろっての。

「ゆっくり投げるだけでいいから。たのむ」

俺が頭を下げると山本が目をむいた。口もポカンと開いている。おどろくほどのことか？

審判《しんぱん》が得点をコールする。山本がぐっとしずみこみ、宇宙《うちゅう》空間でキャッチボールをするみたいにゆっくりと手からボールを離《はな》した。


止まっている。

山本《やまもと》の投げた球が空中で止まった。世界から音が消える。

カッ！

俺《おれ》は左の足の裏《うら》で強くこするように球を蹴《け》った。回転のかかった球は、ネット際《ぎわ》のすみに吸いこまれるように落ちていき――――決まった！

「おっしゃああ！」

6－9。いけるいける。ここからが勝負だ。

翼《つばさ》がまたインステップサーブ。でも、もうスピードに目が慣《な》れてきた。俺がさばいて山本のシザース。トラの背中《せなか》ブロックにかかり、球がもどってきた。サイドライン間際《まぎわ》だ。

「とれとれ！」

山本が拾って背中から落ちた。レンがトスを上げる。

俺は思いきりゆかを蹴って跳《と》んだ。

全身のばねと力のすべてを右足にこめ、球にぶつける。

もう一度、ロー！

白帯《はくたい》ギリギリだ。

入れ！

球は白帯の上で一瞬《いっしゅん》止まり――ネットをこえた。

「入った入った。前！」

翼《つばさ》のあせる声。よし。もらった。あと三点だ！

「ナイス、トラ」

え？　拾ったのか。長い足しやがって。上がった球をリューがこっちに蹴《け》り返してきた。

球がのびる。まずい！

山本《やまもと》が走って追いかける。ライン際《ぎわ》に落ちそうだ。

アウトか？　インか？

「ヤマ、拾え！」

山本がどうにかつま先で上げた。俺は低く浮《う》いたその球に向かって走り――。

「――10《テン》－6《シックス》。アジ大チーム勝利《ウィン》」

俺《おれ》の足はわずかに届《とど》かなかった。

ああ、最後に油断《ゆだん》した。返ってくるかもしれないって思ってたら動けたはずだ。せっかく山本が間に合ったのに――。


「負けた……？」

試合の熱と高ぶりが、氷水でもかぶったみたいに一気に冷めた。何度見ても得点板は6－

10だ。

『俺《おれ》と試合してあっさり負けるようなら、さっさと——』

翼《つばさ》の声がよみがえる。


「握手をしてください《シェイクハンドプリーズ》」

審判《しんぱん》の声がはるか遠くに聞こえる。

「んがー、惜《お》しかったすね」

山本《やまもと》が軽くのびをしてネットに向かって歩きだした。

「大学生相手にこれだけやれたら、大会でもいい線いくんじゃね？」

タケが俺に笑いかけたけれど、笑い返せなかった。それどころか、ベースラインから足が離《はな》れない。

レンが俺をにらみ、

「かける、握手《あくしゅ》はしなきゃダメ」

と小《こ》づいた。うなだれたままネットへ進む。リューとトラと握手を交《か》わし、翼にも右手をさし出した。強く握《にぎ》られたけど下を向いていたからどんな顔をしていたのか知らない。

試合のあと全体が休憩《きゅうけい》に入った。俺はベンチへ下がりタオルをかぶった。ゆかにへばりついたほこりだらけのビニールテープをただじっと見る。手足が重い。全身から力が抜《ぬ》け、ゴボゴボと海の底へしずんでいく。ボールの音、自主練をする人の声、セミの鳴き声。海の底では、何もかも遠くぼんやりしていた。その代わり、

『おまえやっぱ向いてないな。セパタクローやめろよ』

まだ言われてもないのにあいつの声がくっきり聞こえる。耳の奥《おく》で何度も何度も。

『向いてない。やめた方がいい。やめろ。やめちまえ。ほら、さっさと――』

ヒュッ

コートからボールが飛んできた。壁《かべ》にぶつかり、ゆかを跳《は》ねて俺の足に当たった。うでをのばして拾う。力をこめた手の中でプラスチックがきしみ、ギュッとかすかな音を立てた。

「ありがとうございます」

大学生が手を上げている。俺は立ち上がってボールを投げた。大学生はボールをキャッチし、コートにもどって行った。

俺《おれ》は空《から》になった右手を見る。まだボールの感触《かんしょく》が残っている。手だけじゃない。足の裏《うら》にも土《つち》ふまずにも頭にも背中《せなか》にも。体中がセパタクローを覚えている。

蹴《け》りたい。蹴りたい。蹴りたい！

あいつはどこだ？

――いた。コートの後ろで壁《かべ》にもたれている。俺は自主練をする大学生の間をすり抜《ぬ》けコートをつっ切り、翼《つばさ》の正面に立った。翼は俺を見下ろすと、ほんの少し首をかしげた。翼の目を見すえ、背筋《せすじ》をのばす。

やめるなんてできるわけないだろ。やめるとか続けるとか、人にいわれて決めることじゃない。だれがやってるかで決めることでもない。そんなの当たり前じゃねえか。

さあ、空気を震《ふる》わせろ、俺の声。

俺は深く息を吸《す》いこんだ。

あとがき

はじめまして。虹山《にじやま》つるみと申します。

『セパ！』をお手にとってくださり、ありがとうございます。

私は中学校でバレーボール部に入っていました。体力も運動能力もとぼしい私にとってはおそろしく厳《きび》しい部で、引退後はスポーツ全般《ぜんぱん》がきらいになるほどでした。その後またスポーツを楽しめるようになりましたが、それでも、今こうしてスポーツを題材にした物語を作り、そのあとがきを書いているなんてふしぎな気がします。

そんな私がこのお話を書き上げることができたのは、セパタクローにそれだけの魅力《みりょく》を感じたからです。ダイナミックなアタック、ネット際《ぎわ》でのかけ引き、サーブの緊張感《きんちょうかん》など、最高にワクワクします。中でも私がセパタクローに強く心ひかれた点は、ボールが閉じていないことです。

セパタクローボールは中に何も詰《つ》まっていない、風通しのいいボールです。投げたり蹴《け》ったりしていると頭の中が空っぽにできて、気分がいいです。ボールで遊んでいるというよりはボールに遊んでもらっているような。
あらためてふり返ってみると『セパ！』を書いている時も私は、翔《かける》とボールとのつながりを描《えが》くことに心を砕《くだ》いていました。

翔はややこしい性格ですが、打ちこむものを見つけたらまっすぐなところも、自分の殻《から》に閉じこもるところも、立ち直るのに時間がかかるところも、友だち思いなところも、うまくしゃべれないところも、全部いいところだと思って書きました。ほかのキャラクターもそれぞれにデコボコですが、みんな愛《いと》おしいです。『セパ！』を読んで、少しでも元気が出たり、自分のことをすきになったり、しんどい時はにげてもいいんだと感じたりしてもらえたらうれしいです。

それでは、またどこかでお目にかかれる日を楽しみにしています。
その日までどうかお元気で！　読んでくださって本当にありがとうございました。

愛をこめて　　虹山つるみ

左記のみなさまにご助言をいただきました。感謝をこめて。（敬称略・五十音順）

梅本英治
大場健斗
菊池久里馬
小林裕和
清水舞夏
世田谷セパタクロー・クラブA．S．WAKABA（www.facebook.com/SetagayaSepak/）
滝田悠奈
寺島武志
寺本 進
内藤利貴
日本学生セパタクロー連盟（www.facebook.com/sepakgakuren/）
平野 翔
矢野順也
渡部真識

監修　平瀬律哉

参考文献　『セパタクロー』（竹下俊一、荒柾文著／旺文社）

参考ＨＰ　一般社団法人　日本セパタクロー協会　http://jstaf.jp/

レンの図解《ずかい》 セパタクローガイド

セパタクローはこんなスポーツだよ！

1 特徴《とくちょう》

セパタクローは、キックやヘディングを使って、相手コートにボールを返し合うスポーツだよ。

ルールはバレーボールに似《に》ているよ。

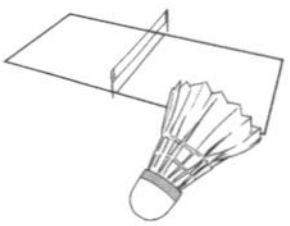

コートの大きさはバドミントンと同じだよ。

サッカーと同じでうでや手を使っちゃダメ。

2 人数

もともと三対三だけだったけど、今は二対二（ダブル）、四対四（クワッド）もあるよ。チームのことを「レグ」って呼《よ》ぶよ。

3 役割

三人組のレグにはサーバー、トサー、アタッカーがいるよ。

サーバー

サーブをする人。レシーブの中心でもある。

トサー

アタッカーにトスを上げる人。

アタッカー

アタックをする人。

４ サーブの流れ

スロワー（投げる人）の投げたボールを
サーバーが蹴《け》って相手コートに入れる。
サーブ権《けん》は、**三本ずつで交代**だよ。

※これは３対３のサーブの流れです。

５ 攻撃《こうげき》の流れ

相手からきたボールをレシーブし、
トスを上げてアタック！
三回以内に相手コートに返す。
三回とも同じ人でもいいよ。

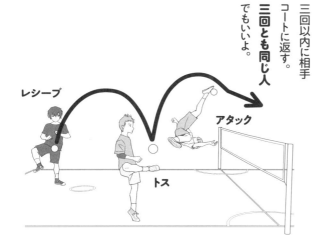

これが基《き》本《ほん》的《てき》な動きだよ！

1 リフティング

セパタクローの基本、インサイドでのリフティング。トスなどで使うよ。

土ふまずと内くるぶしの間あたりで蹴《け》る。

利《き》き足でない方も使うよ。

一人でできる基《き》礎《そ》練習

かべあて ボールを当ててもいいかべか、確《たし》かめてからにしようね。

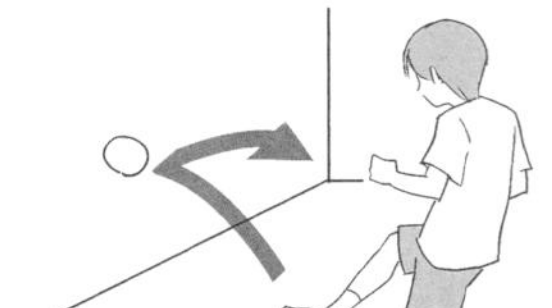

吊《つ》りボール

ひもをつけたボールを高いところにつるしたら、サーブやアタックの練習ができるよ。

2 サーブ

インサイドサーブ

ねらったコースに蹴《け》りやすいよ。

足の内側（インサイド）に当てる。

インステップサーブ

スピードが出せるし、打点が高いよ。

足の甲《こう》（インステップ）に当てる。

フェイントサーブ

ボールに強い回転をかけてネット際《ぎわ》に落とすよ。

足の裏《うら》に当てる。

３ アタック

セパタクローのアタックには、大きくわけて、ヘディング、シザース、ローリング、タッピング（足の裏《うら》）の四つがあるよ。
ここでは、シザースとローリングを紹介《しょうかい》するよ。

シザース

シザースはハサミという意味だよ。
蹴《け》り足と反対の足をふり上げてジャンプし、足を入《い》れ替《か》えてボールを蹴るよ。

ふり上げる。
蹴る足で
ジャンプ。

ふり下ろす。
ふり上げる。

コースのうちわけ、
強打、フェイント……、
かけ引きのできる
アタックだよ。

ローリング（スタンディング）

サッカーのボレーシュートに似《に》ているよ。

トスが低くても
うつことができるよ。

※かけるがやっていた技《わざ》だよ。

ローリング（フル）

サッカーのオーバーヘッドキックと同じように一回転するよ。

打点が高く、
パワフルなアタックだよ。

※レンやタケがやっていた技だよ。

作 虹山つるみ（にじやま・つるみ）

山口県出身、広島県在住。重機、果物屋、生き物、鉱石、海、山を見るのが好きで、瀬戸内海と中国山地が心のオアシス。スポーツ観戦やウクレレの演奏、絵を描くことも好き。鉛筆と紙があると想像上の生物を描き始める。趣味は果物についているシールを集めること。たまったシールを眺めて一人でニヤニヤしている。この作品がデビュー作となる。

絵 あきひこ

イラストレーター、CGクリエーター。趣味は仕事をしながらラジオで野球中継を聴くこと。

ノベルズ・エクスプレス 39

セパ!

2018 年 7 月　第 1 刷
2019 年 10 月　第 3 刷

作　虹山つるみ
絵　あきひこ
発行者　千葉 均
編集　斉藤尚美
発行所　株式会社ポプラ社
〒102-8519　東京都千代田区麹町 4-2-6　8・9F
電話（編集）03-5877-8108
（営業）03-5877-8109
ホームページ　www.poplar.co.jp

印刷　中央精版印刷株式会社
製本　島田製本株式会社

ブックデザイン ◉ 楢原直子（ポプラ社デザイン室）

ISBN978-4-591-15909-5 N.D.C.913 / 278p / 19cm

P4056039